小学館文庫

# 桃殿の姫、鬼を婿にすること

宵の巻

深山くのえ

小学館

# 目次


第一章　藤原信俊、魔を連れて帰宅すること――009

第二章　桃殿の大君、いまだ裳着を許されていないこと――097

第三章　源直貫、鬼退治に駆り出されること――163

す、と背筋が寒くなった。

季節は夏で、夜半とはいえ衣の下はじっとりと汗ばむほどなのに。

——来る。

この寒気は、あの予兆だと知っていた。自分ばかりが感じる寒気。現に隣りで寝ている乳姉妹も女房も、何も気づかずよく眠っている。揺り起こしても、容易には目覚めてくれない様子だ。

あれは決まって、こういうときに現れる。

真珠(またま)はそろそろと寝返りを打ち、うつぶせになって手を伸ばす。枕元には常に打撒(うちまき)のための米が、皿に盛られて置いてあった。小さな手でひと掴(つか)み米を握りしめ、じっとあたりの気配をうかがう。

今夜は何が出てくるか。五寸ほどの小さな人々の行列か。すごい速さで飛びまわる琵琶(びわ)か。人の足が生えた桶(おけ)か。それとも、牛の顔をした姫君か——

「……っ！」

急に背後に気配を感じ、真珠はうつぶせのまま上体をひねって後ろを見た。

自分の足元に、頭が天井につかえそうなほど巨大な――赤ん坊が座っている。

どう見ても赤ん坊なのに、ありえない大きさ。……間違いない。怪しの物だ。早く米を撒(ま)いて追い払わなくては。

真珠は起き上がろうとしたが、あせって自分の衣の袖を自分の肘で踏んでしまい、握っていた米がぱらぱらとこぼれてしまう。

その音に、巨大な赤ん坊はしゃぶっていた指を口から離して、真珠を見下ろすと、にんまり笑った。

しまった――

「……り、まる」

赤ん坊が緩慢な動作で、床を這(は)う虫を叩(たた)き潰そうとでもするかのように、手を振り上げる。真珠は思わず顔を伏せた。

「瑠璃丸(るりまる)……っ」

その名を呼んだ、次の刹那。

雄叫(おたけ)びが響き渡るとともに妻戸が割れんばかりの音を立てて開き、突風が吹き抜けた。

「――去れ！」

その一喝は少年の声で、真珠ははっと顔を上げる。

暑さで開けたままの格子から差しこむ青白い月の光が、白銀の髪をきらめかせた。

……きれい。

ついさっきまで恐怖のただ中にいたのに、真珠はそのつややかな色に見とれた。

白銀色の髪の少年は真珠の傍らに片膝をつき、注意深くあたりを見まわしている。

いつのまにか、巨大な赤ん坊はいなくなっていた。背筋の寒さも失(う)せている。

「……消えた」

振り返り、少年は真珠を見た。

「真珠、大丈夫か」

「え、ええ。……ありがとう、瑠璃丸」

真珠は起き上がり、ほっと息をつく。手のひらにくっついていた米粒が、またぱらぱらと落ちた。

「散米で追い払うより、俺を呼ぶほうがよっぽど早いだろ」

散らばった米に気づいた少年が、口を尖(とが)らせる。

「……だって、こんな夜中ですもの。瑠璃丸だって、寝ていると思って……」

「何言ってんだ。俺が何のために都にいると思ってんだよ？」

真珠と少年の会話で目を覚ましたのか、乳母や女房が眠そうなうめき声を漏らしながら、ごそごそ動き始めていた。

「わかるわ。わかっているわ」

「だったら呼べよ。あんなもん、すぐ追い払えるんだからさ」

「さっきの怪しの物、もうどこかへやってしまったの？　あんなに大きかったのに」

「大きさなんかどうだっていいんだよ。大きくても小さくても、怪しは怪しだ」

そう言いながら、少年はぐっと胸を張った。真珠は感心したように息をつく。

「……すごいわ。強いのね、瑠璃丸」

「そりゃ、俺は鬼だから」

少年は得意げに顎を上げた。

「あんな怪し、みんな追い払ってやる。俺はそのために、真珠の側にいるんだから」

真珠はその言葉に、ようやく笑みを見せる。

「そうね。……頼りにしているわ、わたくしのお婿さん」

# 第一章　藤原信俊、魔を連れて帰宅すること

藤原信俊（ふじわらののぶとし）は元服のさいにその名を与えられたが、輝かしい未来は生まれたときから与えられていると言ってよかった。

信俊の父、藤原仲俊（なかとし）は名門家の氏長者で、そのときすでに右大臣であり、時の帝（みかど）とは縁戚関係、この先も出世は約束されたようなもので、そんな仲俊の長子である信俊も、幼少時から相応の教育を施されたおかげか、いずれ仲俊の跡を継いで家長となるのに申し分ないと目されていた。信俊自身、己の立場はよく理解しており、父の後ろ盾を意識しながらも、元服後には進んで人付き合いを広め、輝かしい未来をより確かなものにしようと努めていた。

そんな信俊は元服から数年後、十八歳の若さで官位を得て——これは多分に、仲俊の身内贔屓（びいき）による任命だが、さらに皇女をめとることも認められ、琴が得手と名高く「琴宮（ことみや）」と呼ばれていた皇女、女四の宮にかねてから執心していた信俊は、大喜びで

意中の皇女の降嫁を願い出て、これまた父の口添えにより無事望みはかなえられることとなった。

早すぎる任官と願いどおりの降嫁と――得られたのは当然、仲俊の権力によるものであり、しいて異を唱える者もいなかった。むしろ一緒になって権力者の息子を持ち上げ、そのおこぼれにあずかろうという者のほうが多かった。

そんなわけで、信俊は連日どこかの祝いの宴に招待された。父の後ろ盾はあれども自身の人脈も大事だ。信俊はできる限り断らず、それらの宴席に出た。

だが、酒にまだ慣れぬ身に、連夜の宴は堪えてくる。

――ある夜、信俊は宴席の帰り道で具合が悪くなった。

どうにも牛車に乗り続けるのがつらく、車を降り、従者らに心配されながら道端にうずくまっていると、目の前にある門が軋んだ音を立てて、ゆっくりと開いた。

夜中である。

しかも従者の持つ松明に照らされたそこは、朽ちはてた築地塀の、どう見てもいま現在、住む者がいるとは思えない、荒屋の門だったのだ。

皆が驚いたが、出てきたのは意外にもきちんとした水干姿の男で、気分が悪いなら中で休んでいくようにと勧めてくれた。揺れないところですぐにでも横になりたかった信俊は、一も二もなくその申し出に飛びつき、一行を道に残したまま、従者二人に抱えられて門内に入った。

外から見て荒屋のようだったその家は、中に入ってもやはり荒屋で、しかし信俊にはそれを気にする余裕もなく、水干男のあとについて、草が生い茂る庭を突っ切り、いまにも踏み抜きそうにみしみしと鳴る腐りかけた階を上りきると、従者の手を振り払って簀子に倒れ伏してしまった。

鳥か獣か、ひょう、と、近くで何かの鳴き声がした。

お付きの方々はこちらでお待ちを、と水干男が言ったのが聞こえ――信俊はしばし眠りについた。いや、気を失っていたのかもしれない。いずれにせよ、信俊が目を開けたとき、あたりは闇に包まれていた。

従者の松明も、その夜たしかにあったはずの月明かりもない。わずかな風さえ感じない。ぼんやりする頭でも、それらの事象に何となく違和感を覚えたそのとき、ふいに、ぽっと小さな灯りが点った。

簀子から移動した記憶はないのに、いつのまにかそこは屋内で、几帳や屏風が立てられ、灯りの傍らには、とても美しい女人が座っていた。

お目覚めになりましたか。美女は、やさしげな声でそう言った。

いったいどこの姫君なのだろうかと、まだはっきりしない頭で、信俊は思った。

姫君、としか呼べないような、美女の身なりはそれほど整っていた。信俊が呆然と美女を見つめていると、美女は意味ありげな笑みを浮かべ、瞬きのうちに、目の前に近づいてきた。

可愛らしい方。美女は信俊の目を覗きこみ、甘くささやいた。

あなたも、とてもきれいだ——と、口にしたつもりだったが、言葉になっていたかどうかはわからない。

しかし、美女は嬉しそうに微笑むと、信俊の頬に手を伸ばしてきた。その瞳が赤みを帯びていたように見えたのは、気のせいだったか。

気に入ったわ。あなたはもう、わたしのもの。耳元でささやかれているはずのその声は、どうしてか頭の中に直接響いてくるようで、くらくらして——信俊はそこで、再び気を失った。

次に信俊が目覚めたとき、そこはよく見知った自分の家の、自分の寝所で、あたりはすっかり明るくなっていた。

ただ、いつもの目覚めと違ったのは、やけに頭が痛く気分が悪かったこと、そして何故か父母と乳母、いつも身辺の世話をしてくれている女房ら、さらに陰陽寮で陰陽頭(ようのかみ)を務める男が、自分の寝床をとり囲んでいたことだった。

母と乳母、女房らはよかったよかったと涙を流し、父と陰陽頭は疲れた顔で安堵(あんど)の息をついていた。

いったい、何があったのか――

具合の悪かった信俊には、荒屋で休んで美女に会った記憶が、かろうじて残っているだけだった。しかし信俊が水干姿の男の案内で荒屋に入ったあと、門の外で待っていた従者らは、奇妙なことに遭遇していた。

まず、信俊を抱えて中に入った二人の従者が、先に門の外へ出てきた。他の従者らは信俊の様子を問うたが、二人はきょとんとして、若君がどうかされたのか、と返事をしたのだ。

たったいま信俊を抱えて荒屋に入ったはずの二人にその覚えがなく、しかし間違いなく信俊は中に入ったまま。驚いた従者らは急いで荒屋に入ろうとしたが、門の扉は固く閉じ、押しても引いても動かない。見た目はすぐにも壊れそうなのに、まったく開かなくなっていた。

物の怪(け)だ――従者の一人がはっとしたように叫び、一行は騒然となった。主(あるじ)が怪しの物に囚(とら)われてしまったのだ。

そのとき一人の随身が、携帯していた弓の弦を鳴らし始めた。魔除けの弦打に勇気づけられ、従者らが再び門の扉を押すと、今度は嘘のようにすんなりと開いた。

これで信俊を助け出せると、一行のうちでも度胸のある者たちが、弦打の続く中、松明を持って果敢に門内に踏みこんだ。

だが、いくら捜しても信俊は見つからない。水干男の姿もない。庭にも荒れはてた建物の中にも、人の気配はなかった。

そうしているうちに足の速い従者が、この非常事態を信俊が父の仲俊と一緒に住む邸宅へ知らせ、仲俊の命により、さらに多くの随身が現地へ駆けつけ弦打に加わり、次いで仲俊と懇意の陰陽頭が呼ばれ、荒屋に向かった。

陰陽頭の施した何らかの術により、皆が何度も捜したはずの簀子で――つまり初めに倒れ伏したそのままの場所で、気を失いぐったりとした信俊が発見された。

そして信俊は自邸に運ばれ、皆が案じる中、夜が明けてからようやく目を覚ましたという次第だったのだ。

それでは、あの美しい女人は。

信俊の話を聞いて、陰陽頭は険しい表情になった。それは間違いなく怪しの物、魔の姫であったはず。その魔の姫に気に入られたということは、若君の御身が危うい。

あの荒屋の魔を祓い、念のためこの家の守りも強くしなくては。

仲俊は仰天し、すぐさま陰陽寮の者たちが集められた。陰陽頭の指揮の下、その日のうちに件の荒屋と仲俊邸を浄めるための措置がとられ、信俊もしばらく物忌をすることになった。

仲俊は大事な跡取り息子のために、できる限りの魔を祓う努力をした。日暮れ時には必ず弦打をさせ、自邸を囲むように築地塀に沿って、魔除けになるという桃の木を植えさせた。

そのかいあってか、それから信俊が怪しの物に遭うことはなかった。

とはいえ、信俊の約束されていたはずの輝かしい未来に、魔の影がついてまわるようになってしまったことは、否めなかった。

「……それで、うちは『桃殿』なのね」

肩まで伸びた振り分け髪の、紅躑躅の衵を着た少女が、御簾越しに庭に咲きほこる桃の花を眺めながらつぶやいた。

「桃の木がたくさんあるから桃殿と呼ばれている、っていうことは、知っていたの。

でも、どうして桃の木がたくさんあるのかは、初めて知ったわ」

「大君（おおいぎみ）があまりお小さいうちにお話しして、怖がらせてはいけないと思いまして」

白髪まじりの老女房が、そう言って苦笑する。

「ですが、大君ももう八つにおなりでございますし、お年よりもしっかりしておいでですので、お伝えいたしました。……やはり恐ろしゅうございますか？」

「んー……どうかしら。よくわからないわ」

少女は首を傾（かし）げ、老女房のもとへ戻ってくる。

「たしかに、気味が悪い話だとは思うわ。でも自分で見ていないから……。見たら、怖いと思うかしら」

「ここに怪しの物が入ってくることはございません。御安心くださいまし」

老女房は力強く言い、あたりをゆっくりと見まわした。

「桃の木で守り、随身どもが毎日必ず弦打をし、さらにこちらにお仕えする女房は、陰陽師や僧侶、神官の身内が幾人もおります。琴宮様がこちらに降嫁されます折に、大殿がこれらすべてを差配されましたのですよ」

大殿とは祖父、すなわち信俊の父、右大臣藤原仲俊のことだ。

少女は目を瞬かせ、あら、と声を上げる。

「もしかして、弦打ってどの家でもするものではないの？　わたくし、それが毎日の決まりごとなのだと思っていたわ」

「どの家でもというわけではございませんね。たとえば宮中など……」

「――まぁ、いったい周防(すおう)から何を聞いているの、真珠」

少女――真珠が振り返ると、年のころ二十五を少し過ぎたほどの、華やかで美しい顔立ちの女人が、奥からしずしずと歩いてきた。その長い髪を、女房が二人がかりで捧(ささ)げ持ち、後ろからついてくる。

「お母様、髪、乾いたの？」

「半分くらいね。髪を洗うと気持ちがいいけれど、乾くまでがいつも大変だわ。こうして持ってもらっていても、重くて倒れてしまいそう……」

ため息まじりに笑って、真珠の母、琴宮は、女房が用意した茵(しとね)に腰を下ろした。

「それで？　何の話？」

琴宮に視線を向けられ、周防と呼ばれた老女房は、床に手をつく。

「はい。大君よりこちらの桃の木についてお尋ねがございましたので、例の、魔の姫の話を」

「ああ、そのこと……」

琴宮は苦笑して、女房が運んできた白湯を口にした。

「ずいぶん古い話ね。私がここへ来る前でしょう。もう十年？」

「左様でございますね。ちょうど十年になります」

「……お母様は、怖くなかったの？　怪しの物に気に入られてしまったお父様と結婚するのは……」

真珠は声をひそめて訊いたが、琴宮はけろりとした表情で、だって、と言った。

「怖くても怖くなくても、もう決まってしまっていたもの。それに、怖いから嫌だと断っても、その次にお父様以上に条件のいい縁談なんて、あるはずもなかったし」

相手は右大臣家の跡継ぎである。しかも琴宮は実家の後ろ盾が弱く、皇女の中でも格下の扱いだったと、真珠も聞いたことがあった。

つまり母は、先々の生活に不安のない結婚と物の怪への恐怖とを比べ、安泰な生活に勝るものなしと判断したというわけだ。

「一応、物の怪のことは覚悟して嫁いできたけれど、この十年、特に怖いこともなかったし、後宮にいるよりずっといい暮らしもさせてもらっているし、可愛い子供たちにも恵まれたし、断らなくてよかったわ。――そういえば鶴若と乙姫と松若は？」

真珠の弟妹たちである。

琴宮の問いに、先ほど白湯を持ってきた女房が答えた。

「太郎君と中の君はお庭に、次郎君はお昼寝をしておいでです」

「あら、そう。それじゃ真珠、今日は粉熟があるんですって。私たちで先にいただきましょうか」

「あ、食べたい……」

少女らしい声を弾ませ、ぱちりと手を叩いて、真珠は母の側に腰を下ろす。

ほどなく女房らが、菓子の皿を載せた折敷を運んできた。

「お父様のぶんは？　別にとってあるの？」

「殿は、今日は召し上がれませんね。お仕事のあとに、藤宰相の宴に招待されておいでだそうですので」

「なぁんだ、そうなの」

ならば、帰りは夜遅くになるはずだ。いまでも信俊は、月に一度か二度は、他家の宴席に顔を出している。

……そういえばお父様、宴に呼ばれても、あまりお酒を飲まないように気をつけているって、仰っていたような……。

粉熟を少しずつかじりながら、真珠はそんなことを思い出していた。

もしかしたら、酒に酔ったことで魔の姫に遭い、こうして大変な魔除けを続けなくてはいけなくなってしまったから、大酒にはよほど懲りたのかもしれない。

十年経っても気を抜けないなんて、お父様もお気の毒――真珠はそう思っていた。

だが、その夜。

信俊は日が変わるころになっても帰宅しなかった。

そして、それは何刻だったのか――弟妹とともに先に休んでいた真珠は、あたりの騒々しさに目を覚ました。

何人もが走りまわっているような、どたどたと忙しない足音に、誰かの甲高い叫び声。閉じた格子の向こうから聞こえる怒号。

「……ねぇさま、どしたの……？」

同じく起きてしまった妹の乙姫が、目をこすりながら、真珠の衣の袖を引いた。

「どうしたのかしら……。変ね。騒がしいし……」

燈台の小さな火を頼りにあたりを見まわしたが、すぐ側に寝ていたはずの、乙姫の乳母もいない。いるのは自分の乳姉妹、乙姫の乳姉妹と、子供ばかりだ。だが几帳の向こうには、弟の鶴若とその乳母、乳兄弟も寝ているはずだが。

「――姉上」

その几帳の裏側から、鶴若の少し強張(こわば)った声がした。

「あっち、様子がおかしいです。父上がお帰りになったみたいですけど」

「え……」

父に何かあったのだろうか。几帳の切れ目から鶴若のいるほうを覗いたが、そちらにも鶴若の乳母の姿はなかった。

「乳母も女房も近くにいないの？」

「いません。起きたらいなくなってました」

「……鶴若、こっちへいらっしゃい。雉丸(きじまる)も」

真珠が呼ぶと、鶴若とその乳兄弟はすぐに几帳をくぐってきた。二人とも涙目になっている。乙姫も乳姉妹らもただならぬ気配にすっかりおびえ、真珠にしがみついていた。弟妹たちはまだ六つと四つだ。真珠とて八歳だが、姉として、主の娘として、一緒に怖がってはいられなかった。

しかし近くに大人がいないこの状況で、どうやって騒ぎの理由を確かめにいけばいいのか。

「……笹葉(ささは)」

真珠はこの中で唯一、自分と同い年の乳姉妹を振り返る。

「笹葉、何があったのか確かめてきてくれる？」

「えっ……や、やですっ。怖い……」

そのとき急に燈台の火が消えて、あたりが闇に包まれた。真珠以外の少女らが、そろって悲鳴を上げる。

笹葉はもともと暗がりが苦手だった。様子を見にいかせるのは、はなから無理だったか。

「それじゃ、わたくしが見てくるから、ここで待っ――」

ふいに静寂が訪れた。まるで、自分たちの周りにだけ壁ができたかのように。

喧騒の声も、気配すらも途切れて。

真珠はとっさに鶴若と乙姫をかばうように抱きかかえ、あたりを見まわした。

何もない。ただ闇があるだけ――

「……っ」

ぞわりと、背筋が粟立った。

とてつもなく冷たい、重い、何かが覆い被さって。

その何かのために、真珠は天を仰いでしまった。

真っ暗なのに。

美しい美しい女人が、天女のごとく、空中から真珠を見下ろしていた。

――おまえが、かの人の子か。

耳に入ってきた声ではない。頭の中で聞こえたような。

――待っていたのは、おまえか。

本当に美しい。でもどうして、この女人は目が赤いのだろう。

――ちょうどいい。いささか若いが、おまえにしよう。

そう聞こえた刹那。

美しい口が耳まで裂け、犬のような歯が剝き出しになった。

あ、と真珠が声を上げたのと同時に、何かがばらばらと降ってきて、いままさに、真珠を頭から食らおうと大口を開けていた美女――大口を開けるまでは美女だった女人の姿が、かき消えた。

冷たく重い覆いも消え、幾つもの足音とともにあたりが明るくなる。

「大君、御無事でございますか――」

手燭を持って駆けつけた周防が視界に入ってきて、真珠はようやく見上げたままだった首を動かすことができた。見ると、鶴若や乙姫の乳母も戻ってきていた。

「こちらまで入ってきておりました。もっと散米を――」

「ここに灯りを！」

「弦打をもっと……」

女房たちが燈台に火を点け直したり、真珠たちの周りに米を撒いたりと、慌ただしく動いている。

……いまの、何だったの。

誰かにそう尋ねようとして、でも、うまく言葉が出てこなくて、もうひと言も口にできないほど、ひどく疲れている気がして――

「大君。……大君!?」

真珠は弟妹を両腕に抱えたまま、ずるずると倒れ伏した。

「――どういうことですの、殿」

目をつり上げ、怒りの形相を隠そうともしない琴宮の追及に、その夫、信俊は疲労困憊の面持ちでうなだれた。

「すまない。……本当にすまない。不覚だった」

「では、十年前と同じことが起きたというのは、本当ですのね？」

桃殿の母屋には琴宮、真珠と弟妹、主だった女房ら女子供が一堂に集まり、御簾で隔てた南の庭に面した廂には信俊と渋面の仲俊、さらに一段下がった簀子には、この家に仕える家司たちが、これも疲れた様子で並んで座っていた。

混乱の夜が明けて真珠が知ったのは、昨夜、信俊の帰宅と同時に、大量の物の怪が邸内に侵入してきたということだった。

どうやら信俊は昨夜の宴でうっかり酒を過ごし、また帰路で気分を悪くして荒屋に取りこまれ――つまり十年前と同じ目に遭ったらしい。

だが、ひとつ違ったのは、信俊は酒に酔いながらもかろうじて十年前のことを思い出し、再び現れた魔の姫から必死に逃げようと試みたのだという。

幸い、今回の従者の中に何人か、十年前の一件を聞かされていた者がおり、これはもしやと、前回より素早く対処できたため、一度は魔の姫にさらわれたものの、信俊が気絶する前に救出できたのだった。

ここまではよかった。

怪しの荒屋から脱出した信俊たちは、一目散に桃殿へ逃げ帰ってきたのだが、今回信俊救出のために呼ばれた陰陽師は、いささか腕前が未熟だったようだ。何と、荒屋に巣くっていたと思われる種々雑多な物を、祓いきれないまま戻ってきたらしく、かなりの数の怪しの物がついてきてしまっていたのだという。そして一行がそれに気づいたのは、すでに桃殿の邸内に入ってからだった。

門から入ってきた怪しの物どもが、庭だけでなく建物にも侵入し、不気味な気配に目を覚ました女房らの悲鳴で、大騒ぎになった。皆、慌てて弦打や打撒で追い払ったが、何しろ数が多い。そうこうしているうちに、一部が母屋に入ってきて――

「それで？　子供が魔の姫に目をつけられたかもしれない、というのは？」

琴宮の声が、さらに険を含む。

昨夜、空中にいた美女に頭からかじられそうだったところを、女房が撒いた魔除けの散米で助けられた真珠は、見たまま、聞いたままのことを母や女房らに知らせた。すると、父が魔の姫から逃げるときに、家で子供が待っているから帰る――と言っていたことがわかったのだ。

「いや、あの……とにかく穏便にあそこから出してもらおうと思って、それで」

「そこは何故、妻が待っていると言わなかったのです？　どうして子供のことを口にしました？」

「それは、とっさに……何ていうか、子供と言っておいたほうが、角が立たないような気がして……」

母の機嫌が直る様子はなく、父は肩をすぼめて歯切れの悪い言い訳を続けている。

真珠は斜め後ろに控えていた周防を振り返った。

「……わたくしが見たの、本当に魔の姫だったの？」

「大君がお聞きになったという、おまえがかの人の子か、待っていたのはおまえか、とやらは、殿が魔の姫に伝えた、子供が待っている、というお言葉を受けてのものでしょう。おそらくは、間違いないかと……」

「も——申し訳ございません！」

簀子のほうから大きな声がした。見ると、家司の一人が平伏している。あれは誰だったか。もう一度周防を見て目で問うと、周防が小声で、あれは陰陽頭の賀茂峯行（かものみねゆき）という者です、と答えた。

「それなら、十年前に桃を植えた人ね？」

「いえ、あのときの陰陽頭は峯行の兄君でございました。兄君はとても優秀な方でしたが、三年前に病で亡くなりまして、いまは峯行が陰陽頭を務めております」

峯行という陰陽頭は、両手をついたまま顔だけを上げた。年は四十くらいのようだが、顔色が悪く目の下に暗い影がある。昨夜は寝ずに物の怪に対処していたのだろう。

「このたびのことは、陰陽師として経験の浅い者に殿のお迎えを任せてしまった、私の不手際でございました。どうか、どうかお許しを……」

「おまえのせいではない、峯行」

それまで黙っていた仲俊が、苦い顔のままながら、すぐに峯行を制した。

「本来の陰陽寮の仕事がありながら、陰陽師を交替で常駐させてくれているだけでもありがたいのだ。昨夜がたまたま若い者だったとしても、やれるだけのことはやってくれたのだから、責めるつもりはない」

それに、と言って、仲俊は息子を横目で見る。

「もとはといえば信俊の不覚だ。こやつは十年経って、油断していたのだ。まったく情けない……」

「まぁまぁ、右府殿」

そこへ、それまで簀子の端にいた桜萌黄（さくらもえぎ）の狩衣（かりぎぬ）を着た人物が、廂に上がってきて、信俊の隣りに腰を下ろした。

「相手は物の怪ですよ。我々の常識では測れないことも多々あるでしょう」

「しかしな、八の君」

狩衣姿の人物は、先帝の第八皇子にして琴宮の同母兄、八の宮――いまは臣籍降下して、源公貫（みなもとのきんつら）と名乗っている、つまり真珠の伯父（おじ）である。信俊と同い年で、以前から親しくしており、その縁で桃殿の小路を挟んだ西側に家を構えて暮らしているため、昨夜の騒ぎを聞きつけ、今朝から見舞ってくれていたのだ。

「それより、今後のことを話し合いませんか。まずは、桃殿の周辺をうろついている怪しの物を、どうするか」

「む……」

仲俊の表情がますます険しくなる。

昨夜侵入してきた大量の怪しの物は、夜明け前にすべて邸内から追い払われたそうだが、それが敷地の外を、まだふらふらさまよっているのだという。峯行がどうにか中には入らないようにしているらしいが。

「峯行、魔の姫とやらも、まだ近くにいるのか」

仲俊の問いかけに、峯行はようやく少し身を起こした。

「それは……怪しの気配はするのですが、どれがどれやら……」

「目をつけられたというのは、大君だけなのか？　鶴若はどうなのだ」

「しかとは申せませんが、おそらくは、最も危ういのは大君かと……太郎君と中の君は、ずっと顔を伏せておいでだったということですので……」

青白い顔のまま、峯行はとても言いにくそうに告げた。

最も危うい――たしかに昨夜は、魔除けの散米で助かった。だが、それがなければどうなっていたのか。

真珠はふと、ついこのあいだ見た光景を思い出した。母屋で飼われている猫の一匹が、あるとき急に簀子へ走り出ると大きく跳んで、ひらひら舞う羽虫に食らいついたのだ。猫が羽虫を口にくわえたまま戻ってきたものだから、女房たちが嫌がってひとしきり騒いだものだが、つまり、自分はあの羽虫と同じことになっていたのではないだろうか。

突然頭から食われ、嚙み砕かれて。

「……わたくし、死ぬの」

つぶやいた真珠を、母と父、祖父がいっせいに振り向いた。

「何を言うの、真珠」

「ありえない！」

「そんなことはさせん。――策はあるだろう、峯行」

仲俊に名指しされ、陰陽頭は苦しげにうめく。

「は……それは」

「どうした。まさか、ないのか」

「ないわけではございません。しかし、なかなか難しく……。何しろありえないはずのことが、すでに起きておりますので」

「何だ、ありえないはずのこととは」

「昨夜、怪しの物が、邸内に侵入したことです」

峯行は強張った表情で、門のある東を指さした。

「たとえ術が未熟で、怪しの物がついてきたとしても、門の内には入れぬようにしてあったのです。現にこの十年、物の怪はこの家の内では見られていないはずです」

簀子の家司らも御簾の内の女房たちも、それぞれが途惑い気味ではあったが、うなずいている。琴宮も昨日、この十年怖いことはなかったと、真珠に話していた。

「防御はしておりました。それが昨夜は破られたのです。その原因が、まだわかっておりません。原因が判明しませんと、策の立てようがなく……」

「では、打つ手はないというのか」

「い、いえいえ。そのようなことはございません」

峯行は慌てて頭（かぶり）を振る。

「ひとまず新たな術を施しまして、怪しの物が入ってこないようにはいたしました。ただ、一度破られた原因につきましては、今朝から様々に調べておりますので、いましばらくお時間を……」

そのとき母屋の奥から、短い悲鳴が聞こえた。次いで慌ただしい足音と、怒鳴るような声がする。

「何です、騒々しい――」

女房の一人が注意しようと立ったそのとき、奥から別の女房の叫び声が響いた。

「怪しの物です……！　天井から、あ、足が生えて……」

「何ですって？」

「――どういうことだ。すべて追い出したのではなかったのか」

仲俊に詰問された峯行の顔は、先ほどよりさらに色を失い、白くなっている。

「それは、その、あの……」

「と、とにかく！　峯行、早く見てこい！　祓うのが先だ！」

信俊が半分腰を浮かせて、女房たちの騒ぐほうを指さした。峯行は慌てて立ち上がると他の家司らを押しのけ、転がるように簀子を走っていく。その後ろ姿を見送っていた家司らのあいだに、低くざわめきが広がった。

「大丈夫なのか、峯行で。あれの兄君は有能だったが……」

「峯成(みねなり)殿は何事もよく心得ていたと、陰陽寮の者も言っていたが……」

「しかし、峯成殿亡きいまは、峯行に頼るよりほかに……」

「若い陰陽師の中にでも、もっと優秀な者はいないものか……」

峯行の対応に一抹の不安を覚えていたのは同じだったのか、仲俊と信俊は顔を見合わせ、渋い表情で家司らのひそひそ話を聞いている。

すると家司らの中でも一番後ろに座っていた、年は三十近くと見える丸顔の男が、どこかのんびりとした口調でつぶやいた。

「鬼なら物の怪ぐらい、あっというまに蹴散らしてくれるんだがなぁ」

たまたまざわめきの途切れたところでの独り言は、やけによく聞こえて、皆がいっせいに丸顔の家司に注目する。

「三滝(みたき)、何だって？　鬼？」

公貫が、ちょっと愉快そうに訊き返した。

三滝、と呼ばれたそれを聞いて、真珠もその名の人物を思い出す。もっと幼かったころ、庭で弟と遊んでいると、ときどき不思議な昔語りをして面白がらせてくれた、丸顔の気のいい、ちょっと風変わりな家司がいたのだ。しばらく見ないと思っていたら、どこぞの国司として赴任していったと女房に教えられ、少しがっかりした記憶がある。その家司が、たしか小野(おのの)三滝という名だった。いつのまにか、帰ってきていたようだ。

「はぁ。あの、私、つい先月まで近江介を務めておりましたが、そのあいだに、鬼と懇意になりまして」

その時点ですでに皆が、いったいこの男は何を言っているのかという顔で、三滝を冷ややかに見ていた。しかし三滝はいたって真面目な面持ちで、唯一興味津々といった様子の公貫に返事をする。

「その鬼が、自分にちょっかいを出す怪しの物を、ただ一喝して追い払うところを、見たことがあるのです」

「鬼も怪しの物も、人ならざる物の怪という点で同じだと思うがねぇ。仲間内で追い払うも何も」

「はぁ。私もそう思っておりましたが、その鬼は家族共々、まるで人のようでして。何でも、他の鬼どものように人を食らうことができないらしく、私も安心して付き合えました。まったく気安い鬼の一家で……」

「——三滝、いまはそんな話をしている場合ではない」

風貌も語り口もどこかとぼけた調子の三滝に緊張感を削がれたのか、仲俊は叱るというよりたしなめるように制した。聞いていた真珠も、これは三滝が昔よく聞かせてくれた、狐が化けた話や見知らぬ島に流された船乗りの話のような、不思議な物語のひとつかと思ったのだが。

「いえ、大殿。私は怪しの物を退ける方法をお話ししているのです」

三滝は真顔のまま、首を横に振る。

「鬼は強いです。もちろん鬼とて物の怪ですが、中でも特に強いのが鬼なのです」

思いがけず食い下がってきた三滝に、仲俊はいよいよ困った顔になった。

「強いのであろうが、鬼は鬼ではないか。人に害をなすことに違いはなかろう」

「たしかに世の鬼の大半はそうでしょうが、近江の白銀は、話のわかる鬼でございます。――あ」

三滝は突然、自分の言ったことに驚いたかのように、目を瞬かせる。

「これはいかん。もう名を口にしてしまった」

「何？」

「いや、その鬼が言っていたのです。名を呼べばすぐに駆けつけると――」

三滝の言葉が終わるか終わらぬかのうちに、ごぅ、と音を立てて、強い風が吹きつけた。御簾が激しく揺らされ、室内の几帳までもが大きくはためき、そのうち幾つかが倒れる。

「何、これは——」

「きゃあ、危ない……！」

幾つもの悲鳴が上がり、内外に居並ぶ誰もが姿勢を保つことができず、床に伏せたりのけぞったりした。真珠も思わず、側にいた女房の袖を掴む。

そのときだった。

「──呼んだか、三滝」

腹の底に響く野太い声が聞こえ──吹きつけていた強い風が、ぱたりと止んだ。

真珠が閉じてしまっていた目を開けると、御簾の隙間から、水面に映った日の光のようにきらめくものが見える。

御簾の内と外──三滝以外の皆が、静かに息をのんでいた。

庭先に立つそれは、人のような姿をしている。

だが肌は、顔も腕も見えているところすべて、酒に酔った者のように赤みを帯び、背丈はゆうに六尺以上、もしかすると七尺あるかもしれない。上背があるからといって細いわけではなく、相撲人でもひねり倒してしまえそうなほどに筋骨隆々としていて、まるで庭に突然巨石が置かれたかのようだ。

その身にまとっているのは様々な獣の毛皮をつなぎ合わせたようなもので、かろうじて鹿と牛の皮はわかったが、あとは何の皮なのかわからない。

しかし何より目を引くのが、腰まで伸びたその髪の色だった。白っぽくなった灰のような色の髪なのに艶があり、日差しを浴びてきらきらと輝いている。まるで抜き身の刃のようだ。そして、その前髪の隙間――おそらく額の生え際あたりから、二本、牛に似た角が伸びている。

鬼――

誰もがそれを直感し、これが夢か現か判じかねて呆然としている中、三滝がのんびりと片手を上げた。

「やぁ、白銀。呼んだといえば呼んだかな」

「何だ、そのはっきりしない物言いは」

鬼の眉間が、ぐっと狭まる。だが怒っているというより、呆れているような口調だった。

「いや、おぬしのことを話していたものだから、うっかり名を口にしてしまってな。それにしても本当に聞こえるとはなぁ。まったくすごい耳だ」

「何をいまさら……。たとえどんな小声でも、己の名ならば耳には届くと、教えただろう。聞こえれば呼ばれたと思うものだ」

「迂闊に噂話をしてはならんということだな。いや、失敬した。——ところで白銀」

三滝はにこやかに話しながら、両手を広げた。

「このあたりに怪しの物が多くいるらしいのだが、おぬし、追い払ってくれないか」

「うん？　……ああ、いるな。何だこれは」

鬼は腰に手を当てて、怪訝な表情であたりを見まわす。

「我が殿が、妙な怪しの物に気に入られてしまってな。祓うのに難儀している」

「……女の魔か」

「わかるのか」

「面倒くさそうなのに関わったな。……全部追っ払えばいいのか？」

「そうしてくれると助かるのだが」

「ふん。まぁ、三滝の頼みならいいだろう」

鬼は鼻を鳴らすと、右、左、と地面を踏みしめ、ややうつむき加減で、息を大きく吸い——天を仰いで、吠えた。

低く、地の底からわき上がってくるような咆哮。それが耳ではなく、頭の中、体の中に聞こえてくる。獣の遠吠えが地鳴りとなって響いているようだった。

女房たちの中から、次々に小さな悲鳴が上がる。

吸った息のぶんだけ吠えた鬼は、ゆっくりと首をもとに戻し、少しのあいだ聞き耳を立てるような素振りをした。

「……消えたぞ」

「追い払えたのか」

「女の魔も含めて、少なくとも一里四方のやつらは逃げた。それより先は知らんが」

「いやいや、充分だ！　助かったよ。さすが白銀だ」

と——三滝が手を叩いて喜んでいるところへ、派手な足音を立てながら峯行が駆け戻ってくる。

「きっ、消えました！　物の怪が、いま、すべて……っ!?」

走ってきた勢いは、庭先の異形の姿を目の当たりにして、一瞬で失せた。

峯行は目と口を大きく開けたまま鬼を凝視し——鬼もまた、峯行に視線を向けたため、結果、両者の目が合う。

ふた呼吸ほどの間を置いて、峯行は膝を折り、その場に倒れ伏した。

「あ、どうされた、峯行殿——」

「気を失ったようだぞ」

鬼は腕を組み、呆れた口調で言った。

「その男、陰陽師か何かじゃないのか？　術を施すようなものを持ってる気配がするんだが」

「いかにも、峯行殿は陰陽師だが……」

「陰陽師が鬼を見て気絶してどうする。初見でのん気に俺に挨拶してきた三滝のほうが、よほど肝が据わってたが――」

そう言いながら、鬼は廂と簀子にいる全員を見まわす。

「……まぁ、俺たちの姿を見た者は、半分は腰を抜かして気絶する。それを思えば、ここにはなかなか肝の据わった連中が多いようだな」

この段階で、家司の数人がすでに白目を剝いて倒れており、他にも何人かが、おびえて体を震わせていた。そして御簾の内でも幾人かの女房が、いつのまにか失神しており、周囲の女房に介抱されている。

「三滝――」

さすがに仲俊、信俊は気を保っていたが、まだ言葉を発するには至らず、最初に声を出したのは、公貫だった。

「いま、峯行が、物の怪がすべて消えたと言っていたが、その――そちらの、おまえの友が、追い払ってくれたのだね？」

公貫の口調と態度はやや硬くはあったが落ち着いており、それで他の者たちも次第に我に返ったようで、うめくような声や息を吐く音が、あちこちから聞こえてきた。

「はい。そのとおりです。先ほどお話ししましたとおり、これが白銀の力なのです」

「では、何か礼をしなくてはなるまいね。——そうでしょう、右府殿、信俊」

公貫に話を向けられ、仲俊と信俊は、はっと背筋を伸ばす。

「あ、ああ、そうだ。そのとおりだ。あれほど難儀していたのだから」

「ええ。し、しかし、どのような礼がよいものか……」

「——ああ、でしたら、酒をいただけますか」

鬼ではなく、三滝が嬉しそうに答えた。

「白銀は無類の酒好きでしてな。私も近江に赴任中、よく酒をたかられたものです。ははは……」

「三滝の家の酒は美味(うま)かったからな。飲ませてくれるなら、遠慮なく飲むぞ」

酒と聞いて、鬼もにんまりと笑う。その口から、鋭い牙がちらりと覗いた。

それを見て仲俊と信俊は顔を引きつらせたが、公貫はことさらに表情を変えることなく、ひとつ手を叩く。

「酒だね。よし。——右府殿、御用意できますね？」

「あ……ああ」

仲俊がうなずいたのを確かめて、御簾の内の琴宮が、気を失っていない女房たちを振り返った。

「すぐに酒の支度を。杯は、ひとつは大きめのものになさい」

「――かしこまりました」

数人の女房が、すぐに立っていく。

その様子を見ていた真珠は、外にいる家司らと比べて、内にいる女房たちのほうが落ち着いているのに気がついた。気絶している人数も、女房のほうが少ない。ここの女房は陰陽師や僧侶、神官の身内が多いと周防が言っていたが、そのせいだろうか。

そして何より、この事態に祖父と父より、母のほうが動じていないように見えた。そういえば先ほどから率先して話を進めているのも、母の兄、公貫である。

「……お母様、鬼、怖くないの？」

真珠がささやき声で尋ねると、琴宮は広げていた扇をちょっと揺らし、さぁ――と言った。

「少しも怖くないわけではないけれど、むやみに恐れてもいけないと思って。三滝の言ったとおり、話の通じる相手のようだし、それなら昨夜の怪しの物とは違うのではないかしら」

たしかに、見た目は恐ろしいが、三滝と話す様子はただの気安い友人だ。

「それにね、真珠。どんなに驚いても、主たるもの、こういうときに動じたところを見せては駄目なの。皆が余計に不安になるでしょう」

琴宮は小声で、真珠を諭す。

「……じゃあ、わたくし、大丈夫だった？」

「そうね。あなた、声を上げなかったし、ずっとおとなしくしていられたわね。えらかったわ。──鶴若は、まだまだね」

見ると、鶴若と乙姫はそれぞれの乳母にしがみついて震え、ぐずぐず泣いていた。さすがにまだ赤子の末弟は、女房に抱かれてのん気に眠っていたが。

「鶴若は、六つになったばかりだもの。仕方ないわ」

大人ぶってみせた娘に、琴宮はくすりと笑う。

「あら、真珠は頼もしいこと。それじゃ、あなたは怖くなかったのね？」

「それは──」

真珠はあらためて、庭の鬼を見た。

「……怖いっていうより、不思議。あの毛皮の衣、どうやってできているのかしら。

それに、目の色。あれ、何色なのかしら？　紫に見えない？」

「そうね、よく見ると……。黒ではないようね」

そろって御簾にへばりつく母子の肩を、周防が慌てて押さえる。

「あまり前に出ないでくださいませ。動じないのは御立派ですが、警戒を怠られても困ります」

「あら、いけない……」

首をすくめて、琴宮は身を引いた。しかし真珠は、まだ外をうかがっている。

鬼は簀子へ上がる階の上のほうに腰掛けて、三滝や公貫と談笑していた。他の家司らは気絶した仲間を引きずりつつ、こそこそとその場から撤収を始めている。

そして立ち去るわけにはいかない仲俊と信俊は、女房たちが酒を持ってくるまでのつなぎにと出してきた唐菓子を、いささか青い顔で口に運んでいる。公貫のように、自ら鬼に話しかけるつもりはないらしい。

だが鬼は、そんな仲俊と信俊の態度を特に気にする様子もなく、近江での三滝との出会いや交流のあれこれを、公貫に話して聞かせていた。

……見た目は恐ろしげだけれど、昨夜の怪しの物とは、全然違うわ。

すぐそこに鬼がいるのに、魔の姫が現れたときのような、冷たく重い気配はない。

何がどう違うのかはわからないが、御簾越しに眺めていても、あの得体の知れない不気味さはまったく感じなかった。

そうしているうちに酒が運ばれてきて、度胸のある女房たちが、提子と杯を載せた折敷を公賈たちのところへ置いていく。その中には提子が三つ、そして大きめの皿が載った折敷があった。あれが鬼のための酒と杯なのだろう。

「さぁさぁ白銀、注ごうじゃないか」

三滝が提子を取り上げ、朝から酒盛りが始まってしまった。一応、酒は仲俊と信俊にも出されているが、二人とも無言で、手をつけようとはしない。目の前でくり広げられている出来事を現実とは信じたくないと思っているのが、ありありとわかる面持ちだった。

「ひ……姫様……」

呼ばれて真珠が振り向くと、青白い顔で震えている笹葉がいた。顔半分覗かせているほかは、几帳の後ろに隠れたままだ。

「そんなところにいないで、奥に入りましょうよ……。鬼に見つかったらどうするんですかぁ……」

「笹葉は怖いのね。それならもっと奥にいるといいわ。わたくしは、ここにいるから」

「えぇ……どうして……」

どうして、と訊かれても、答えるのは難しかった。自分も母と同様、まったく怖くないというわけでもないのだが——

……鬼なんて、見たことないし。

正直、物珍しさのほうが上まわっていた。もっともそう思えるのは、昨夜のような悪寒がしないからだろう。

「……本当に物の怪が消えたなら、わたくしからも、お礼を言わないと」

「何言うんですか、姫様……」

「だって——」

そのとき御簾が、大きく波打った。また風だ。さっきの風に似ている。笹葉が悲鳴を上げて奥へと逃げ、女房たちも慌てて床に伏せた。

「——ちょっと、何してんのよ!?」

風が止むと同時に御簾の外に響いたのは、女の声だった。

「あー、おい、せっかくの酒がこぼれるだろ……」

「酒ぇ!?」

今度は何かと、真珠だけでなく琴宮と女房たちも、御簾にへばりつく。

庭先に女人が立っていた。

女の鬼――なのだろう。後ろでひとつに束ねた長い髪は艶やかな明るい檜皮色で、肌の色は抜けるように白い。目の色は黒かと思ったが、どうやら深い藍色で、額にはやはり二本、小さな角が生えている。

そこで酒を飲んでいる鬼ほどではないが、やはり大柄で、背丈は五尺半はあるだろうか。身にまとっているものは、こちらは毛皮ではなく市井の女が着ているのと同じ小袖だが、並の女よりも上背があるせいか袖も裾も丈が足りず、合わせきれない襟元からも、豊満な胸が半分覗いている。大人が子供の衣を無理やり着ているようなちぐはぐさがあった。

「急にいなくなったと思ったら、朝っぱらから飲んでるっての!? まったく――」

怒りを露わにしてはいるが、面貌は整っている。目鼻立ちのはっきりした美女だ。

そして美女の鬼の周りには、六人、いや七人、子供がいた。一人はまだ赤子のようで、美女の鬼が片腕に抱えている。

この子供たちも鬼に違いないと思ったのは、その見た目がいずれも、三滝が白銀と呼んだ鬼か、いま現れた美女の鬼、どちらかによく似ていたからだ。男女七人、年は一歳から十五歳ほどと見えたが、どの子も上背があり、髪は白っぽい銀色か明るい檜皮色、肌は赤みを帯びているか白、目の色は紫か藍色、そのどちらかで、ただ、角が生えている子もいれば、一見、角が見えない子もいた。

家族だと、真珠は思った。おそらく他の皆も、それは気づいただろう。白銀という鬼と美女の鬼、見た目はともに三十歳前後だ。二人はきっと夫婦で、美女の鬼と一緒に現れたのは、二人の子供たちに違いなかった。

真珠はふと、その中の一人に目を留める。

……きれい。

それは自分とさほど年の変わらない——ひとつかふたつ年上と思しき少年だった。

肌は母鬼のように色白く、腰まである長髪は父鬼に似て白銀だが、銀より白がやや勝り、日差しでまぶしく輝いている。興味ありげにあたりを眺めているその瞳の色は、これも母鬼に近い藍に見えた。目鼻立ちのくっきりしたところも母鬼に似たのだろうが、への字に引き結んだ、利かん気の強そうな口元は、父鬼のほうにそっくりである。

美しく輝く髪と、凛として見える面差しには、力強い神々しささえ感じられた。

真珠が少年の鬼に見入っているうちに、美女の鬼は酒を飲む鬼の後ろにいた三滝を見つけ、あっと声を上げた。

「三滝さんじゃないの！　まさか三滝さんが呼んだの？　ちょっと、呼ぶなら呼ぶで先に知らせてくれないと」

「いや、申し訳ない。私もこんなに急に呼び出すつもりはなかったんだが、どうしても白銀の力を借りたくてね。しかし、おかげで助かったよ。この酒はその礼だから、月草（つきくさ）さん、ひとつ許してやってはくれないかな」

「えぇ？　いったい何があったのよ……」

三滝が月草と呼んだ美女の鬼は、いぶかしげな表情で腕の中の子を抱え直す。真珠はその小さな動きで我に返り、ようやくその少年以外の子供にも目を向けた。

赤子の次に年少の子と真珠が目を留めた少年、それより二、三歳は上と見える少年の男児三人だけが毛皮の衣を身につけていて、あとの四人の女児は小袖を着ている。一番年長と思しき女児は色白で髪が濃い檜皮色、前髪で隠れているのか角が見えず、こうなるとちょっと見は人と変わりなかった。

「――というわけで、白銀が怪しの物を、みんな追い払ってくれたんだ」

三滝は身振り手振りをまじえて、十年前と今日の信俊の災難から白銀のひと吠えで物の怪が散ったことまでを説明したが、月草はますます怪訝な顔をする。

「それだけで？　礼をされるようなこと？」

「陰陽頭ですら手を焼いていたのだから」

「でも、追い払っただけでしょ？　いずれ戻ってくるわよ。においが残ってるもの」

「におい？」

「魔のにおい」

そう言って、月草が鼻をひくひくと動かした。

目の前でくり広げられていたやり取りを、呆然と眺めているだけだった仲俊と信俊は、そこでようやく顔を見合わせる。もっと冷静に成り行きを見ていた公貫は、すかさず杯を置いて真顔になった。

提子を持ったまま、白銀があたりを見まわす。

「におい？　するか？」

「するわよ。あんたよりあたしのほうが、鼻が利くもの。……こういうにおい、前にも嗅いだ。これ、古い魔のにおいよ。しつこいわよ、この手の魔は」

月草の言葉に、御簾の内にもざわめきが広がった。三滝も慌てて身を乗り出す。

「月草さん、どういうことなんだ？　古い魔っていうのは？」

「どういうことって……そのまんまよ。昔々っから、ずーっといる魔。何かのわけがあって、魂がこの世に残ったまんまで、いつまでも消えないでいるうちに、よくない物になっちゃうのが、たまにいるみたい」

「……それは、怨霊のことでは？」

「どうなのかしら。怨霊って、よくわからないけど、この世に気持ちが残ってるんでしょ？　こういう古い魔は、長く残りすぎて、自分が何でこの世にいるのか、そこを忘れちゃうのもいるらしいから」

話す月草の足元で、二、三歳くらいの男児の鬼が虫か何かを捕まえようとし始め、年少の女児二人も、ただ立っているのに飽きたのか、互いの髪を引っぱったり手櫛（てぐし）で梳（す）いたりしている。

「それで、忘れちゃうと――遊びだすのよ」

「遊ぶ？」

「他の怪しを従えて人を驚かせたり、困らせたりね」

月草は事もなげに言ったが、三滝はとうとう立ち上がった。

「では、まさか、魔の姫は遊びで殿を荒屋に閉じこめたと？　遊びでここまでついてきたということなのかね？」

「そうだと思うよ。気に入ったって言われたんでしょ？　いい遊び道具を見つけたと思ったんじゃない？」

「し、しかし、十年も経って……」

「古い魔にとっては、十年前なんて昨日みたいなもんよ？」

身も蓋もない——女房の誰かが、そうつぶやいた。

たしかにひどい話だが、相手はそもそも魔なのだから、人の都合や常識などお構いなしなのだろう。

「だから、そういうのを追い払ったって、きっとまた来るわよ。気の毒だけど」

「では、どうすれば……」

「うーん、どうすればいいかは、あたしもわかんないわ。魔が飽きるのを待つしかないんじゃない？　何十年後とかになるかもしれないけど」

「……」

軽い口調で、絶望的なことを知らされてしまった。

三滝はだらりと腕を下げて立ちつくし、公貫は片手で額を押さえている。仲俊と信俊は、石のように動かない。

白銀は大きな杯になみなみと酒を注ぎ、美味そうに飲み干してから言った。

「——においを残されたら、厄介だよなぁ。魔のにおいで、他の怪しも寄ってくる」

「それよね、面倒なのは。……ただ不思議なのは、三滝さんの話を聞くと、一番においが残されていそうなのは、三滝さんの主……その人よね？　なのに、その人からはあんまりにおいがしないのよね」

月草の視線が、信俊に向けられる。信俊はびくりと震え、片頬を引きつらせた。

「えっ、殿は大丈夫だっていうこと？」

「大丈夫かどうかは何とも言えないけど、においは弱いのよ。古いっていうか……。今回、新しいにおいはつけられていないんじゃないかと思って。十年前に一度、陰陽師が祓ったって言ったわよね？　古いにおいは少々残ったけど、陰陽師の守りが強くて、新しくにおいをつけ足されることはなかったのかも」

「峯成殿か……」

「でも、その人じゃないとすると、新しくにおいをつけられた人がいるっていうことよね。これは、えーと……」

あたりを見まわす月草を、その横にいた少年が見上げる。あの美しい少年鬼だ。

「――中だ」

「え？」

「家の中。あっち」

少年鬼は迷わず、まっすぐ正確に――御簾で見えないはずの真珠を指さした。

真珠は思わず袖で口を押さえて、一歩身を引く。

見えないはずなのに。

「まさか、大君……」

すぐ側にいた周防が険しい表情で腰を浮かせたそのとき、白銀の髪の少年鬼が突然跳躍したかと思うと、たった二歩で階から簀子にいた三滝らの頭上を飛び越え、廂に降り立ち――何のためらいもなく、御簾を持ち上げた。

真珠の視界が大きく開け、目の前に白く輝く少年が現れる。

一瞬遅れて女房たちの金切り声が響き渡り、真珠は周防の腕に、かばうように抱きこまれた。

だが真珠は、少年から目を離さなかった。

もっとよく見たいと思った瞳は、逆光になってかえって色がわからず、しかしその眼差し(まなざ)の強さは、より鮮明になる。

「――こ、こら、瑠璃丸！」

あせり過ぎたか、三滝が這うように廂へ上がってきて、少年鬼の腕を掴んだ。

「何てことをするんだ、御簾を上げるなんて――」

「この子だ。魔の、新しいにおい」

　少年鬼はちょっとつっけんどんな口調で言って、すん、と鼻を鳴らす。

「間違いない。……魔のにおいだけじゃなくて、何か別の、いいにおいもするけど」

「瑠璃丸」

　月草が呆れ声で少年鬼を呼んだ。瑠璃丸、というのがこの少年の名前なのか。

「こら、何してんの。そういうものは勝手に開けたら駄目なんだって、前にも三滝さんから教わったでしょう。こっちに戻りなさい」

「……」

　瑠璃丸という少年は、それでもじっと真珠を見つめていたが、三滝に強く腕を引かれ、ようやく御簾から手を離す。

　真珠と瑠璃丸の視界は、たちまち隔てられた。

　瑠璃丸は、今度は普通に階を下りて月草のもとへ戻っていく。

　……びっくりした……。

　真珠は我知らず止めてしまっていた息を、ようやく吐き出した。

　やはり美しかった。できれば自分が外に出て、明るい日の下で姿を見たかった。

「悪かったですね。あたしら山暮らしなもんで、子供たちにこういう場所での作法を教えてなくて」

月草が背筋を伸ばし、声を張ってこちらに語りかけてくる。だが女房たちは途惑う顔を見合わせるばかりで、誰も返事をしなかった。

「あの——大丈夫です」

思いきって真珠が返すと、いつのまにか立ち上がっていた仲俊と信俊が、ぎょっとした様子で振り返り、周防も慌てて真珠の口をふさぎにかかる。

月草は、少し目を見張った。

「……ああ、いまの子？　魔のやつも質が悪いわね。子供を狙うなんて」

「うちに来れば？」

瑠璃丸が、御簾の向こうの真珠に向かって声をかける。

「魔も怪しも、全部俺が追っ払ってやる。だから、うちに来ればいい。それに……」

「——おいおい、瑠璃丸」

皆が耳を疑う中、白銀が苦笑まじりにたしなめた。

「そう簡単に言うな。おまえ、この家見ればわかるだろ。こんなにでっかい住まいがあるんだぞ。うちみたいな山奥の小屋で暮らせるか」

「る、瑠璃丸。こちらの姫君は、殿の大事な娘御だ。滅多なことは言わないでくれ」

さすがの三滝も信俊と瑠璃丸を交互に見て、おろおろしている。

信俊はといえば、話の流れについていけていないのか、ぽかんと口を開けて突っ立っていた。しかし仲俊は、ようやく現状を認識し始めたようで、再び表情を険しくしている。

「三滝の主のお姫さんか。それならいい陰陽師も呼べるだろう」

そう言って、白銀は大きな杯を置いた。どうやらすべての提子を空にしたらしい。

「御馳走さん。美味い酒だった。——さて、俺たちはそろそろ帰る。三滝、またあらためて飲もう。今度は月でも見ながらな」

立ち上がり、白銀は階を下りていく。

「もし——」

それまで黙っていた公貫が、声を上げた。

「もしまた魔が現れたら——力を貸してもらえるだろうか、白銀殿」

白銀は階を下りたところで振り向き、困った様子で頭を掻く。

「まぁ、それは別に構わんが……」

「無理でしょう、それは」

曖昧な白銀の言葉に対し、月草はきっぱりと言い切った。

「意地悪で無理って言うんじゃないですよ。貸せるもんなら貸します。でもね、魔や怪しは、出てくるときは昼夜問わずで、いつ何をしでかすかわかりません。ここで悪さを始めても、あたしらが暮らしてるのは近江の山ん中です。近江から飛んできて、間に合うとは限りません」

月草の表情は、それをおどかしで言っているのではないと物語っていた。

「ちょっとした怪しのいたずら程度のことで済めばいいけど、古い魔は怖いですよ。下手したらお姫さんの命に関わります。……あたしは、強い陰陽師とかに何とかしてもらうほうがいいと思いますよ」

「……とまぁ、そういうことだ」

月草の忠告に続いて、白銀が肩をすくめる。

「そうか。……そうだな、たしかにわざわざ近江から来てもらうのも申し訳ない」

公貫は微苦笑を浮かべて、頭を下げた。

「せっかく追い払ってもらったのだから、この隙にこちらで対処しよう。今日は助かった。ありがとう」

「ああ。――じゃあな」

またも強い風が巻き起こり――鬼の一家は姿を消す。

風が止めば、あとは桃の花が咲きほこる、いつもの右大臣家の庭だった。

「──あ」

視界の隅で何か光った気がして、真珠は御簾に駆け寄り、隙間から外を覗いた。

だが庭の景色は普段と何も変わりなく、誰の姿もない。

……来るはずないわよね。

真珠はそっとため息をつき、御簾から離れた。

「大君、どうされました？」

「……あ、ううん。えっと、鳥がいるのかと思ったの。見間違いだったみたい」

女房の問いかけを笑ってごまかして、白く美しい少年の鬼が現れたのかと思ったのに、という本音を胸の内に隠す。

近江の白銀なる鬼の一家が来訪し、そして去っていってから、三日が経っていた。

あのひと吠えで怪しの物を追い払ってもらえたおかげか、あれ以来、邸内で物の怪は見ていない。

この間に、陰陽頭の賀茂峯行が魔除けの術を施し直したと聞いた。これで今後何事もなければ、一件落着ということになる。そうなればめでたいことだ。もう自分も、いつ魔の姫が現れるかと心配しなくてすむ。

それなのに——どうして白く輝くものを探してしまうのだろう。

「——真珠」

母に呼ばれ、真珠は几帳の裏を覗いた。

「なぁに、お母様」

「なぁにじゃないわ。今日は琴のお稽古をすると言ったでしょう」

「……あ、いけない」

真珠は急いで几帳の内に入り、母の前に腰を下ろす。右大臣の孫娘として、真珠も書や和歌、楽器など様々なことを女房たちから学んでいるが、琴は和琴(わごん)の名手である母から手ほどきを受けていた。

女房が和琴を運んできて、真珠の前に置く。真珠は琴軋(ことさき)を手にして、母を見た。

「まず、このあいだのおさらいから始めましょう」

「はい」

この三日、祖父と父は祈禱(きとう)だの呪符だのと大騒ぎしていたが、母はむしろ普段より口数少なく、ずっと何か考えこんでいるようだった。どの女房たちも、その様子を、大君のことを案じておいでなのでしょう、と言っていたが。

「……そこはもう少し、ゆっくりと。丁寧に——」

　ふいに真珠が弾いていた和琴が、妙な音を立てた。六本の絃が、同時に鳴らされたかのような。

　真珠は驚いて手を止める。

　いつのまにか和琴の端から、爪の長い、獣のような毛むくじゃらの手が生えていて——それがじゃらりと、絃を掻き鳴らしている。

「……っ！」

　側で稽古を眺めていた女房が悲鳴を上げる。

「あ、怪しの物が——」

「また出たの!?」

「誰か、打撒……」

　周囲が一気に騒然となり、真珠は周防に腕を引かれた。

「離れてください、大君！　琴宮様も……！」

　真珠はそのまま引きずられるようにして、和琴から離される。母も同様に、数人の女房に抱えられてその場から遠のいた。

　終わっていなかった。たった三日で、怪しの物が戻ってきてしまった。

「去ね……！」

女房の一人が、和琴に向かって叩きつけるように米を撒く。すると毛むくじゃらの手は一度大きく震え、すっと消えた。

「……祓えたの？」

「たぶん……。ああ、驚いた……」

「何なのよ、峯行は何をしているの……！」

女房たちは皆、まだ緊張の続く表情で、次々に声を上げる。

真珠は母を振り返った。

「……お母様……」

琴宮は日ごろ滅多にないほどの険しい面持ちで、和琴を見つめていた。

「式部、急ぎ殿と大殿に使いを。侍従、いつもの僧侶に祈禱を頼んで。それから周防、真珠を奥へ。──真珠、祈禱が済むまで帳台にいなさい」

「お母様、術は……術は効かなかったの？」

「わからないわ。わからないから、いまはおとなしくしておくの」

鬼を呼んでほしいと──言おうとして、真珠は口をつぐむ。

また追い払ってもらったとしても、三日で物の怪が現れてしまうなら、三日ごとに近江から来てもらわなくてはならなくなってしまう。それはさすがに迷惑だ。

……瑠璃丸。

真珠はあのとき聞いた名を、誰にも聞こえないくらいの小声でつぶやく。

古い魔は怖い、下手をしたら命に関わる、という月草の言葉は、真珠の耳にずっと残っていた。

言われたそのときは、よく意味が飲みこめず——あまりにもいろいろありすぎて、すべてが夢の中の出来事のような気もしていた。

それでも、結局夢ではないと観念するしかなくなってしまったのは、寝ても覚めても女房たちがどこか気を張っていて、皆が自分を見る目も、少し違っているようだったからで。

……わたくし、これからどうなるの。

帷子（かたびら）と几帳に囲まれた、普段は寝所として使われる帳台の内で、真珠はじっと息をひそめていた。隣りには周防がいて、近くに他の女房も何人かいる。一人ではないのに、心細かった。

こんなときに、昔のことを思い出す。乳母が急に倒れ、そのまま目覚めなかった日のこと。長患いしていた祖母が、出家を望んで寺へと去っていったときの後ろ姿。

八歳になった今日までの日々の中で、寂しかった記憶ばかりが頭を過る。

「周防――」

黙っていると余計に不安で、真珠は周防の袖を引く。

「ねぇ、この中にいれば大丈夫なの？　外にいたほうがよくない？」

「ここは四隅に魔除けの鏡と犀角を掛けてありますので」

「鏡って……」

真珠は四方を仰ぎ見た。妙な寒気がしていた。

「……ひとつ足りないけど、それでも大丈夫？」

「はい？」

「今朝、笹葉がここから鏡を持っていったの。使っていた鏡を落として、ひびが入ってしまったから、しばらく貸してほしいって……」

周防が大きく目を剝いて、真珠の視線の先を追う。

その刹那、本来鏡のあるべきところから、女人のたおやかな手が一本、するすると生えてきて――

「大君!!」

周防が突き飛ばすように真珠を帳台の外へ押し出した。だが女人の手は蔦のように長く伸びて床を這い、あっというまに真珠に迫ってくる。外にいた女房たちがそれを見て、悲鳴を上げた。

捕まる——

なすすべもなく頭を抱えてうずくまった真珠の身に、床が震えるような何かが伝わった。……いまのは、声。いや、これは。

「……そなたは……」

周防がひと言、うめくように言った。それきり、あたりが静かになる。

真珠は自分の背中に重みを感じていた。ちょうど弟の鶴若が、ふざけて負ぶさってきたときに似た重み。

怪しの手に捕まった——とは違う気がする。

「……」

真珠はおずおずと顔を上げた。

誰かの裸足と、目の前でひと房揺れる、白銀色の長い髪。

裸足の肌の色は赤くはなく、足の大きさも並の大人ほどありそうだが、形は子供らしさを残していた。

……どうして。

かばうように真珠の背を抱き——白銀の髪の少年鬼は、微かに肩で息をしながら、あたりを注意深く見まわしていた。

「……消えた。いなくなった」

少年鬼がそうつぶやくと、女房の何人かが、大きく息を吐いた。

真珠は目を瞬かせる。

「瑠璃……丸？」

「——ん」

返事はぶっきらぼうだったが、その表情は満足げだった。

「何故……あなた、近江に帰ったんじゃ……」

「帰ったぞ。いま来た」

「え……」

「呼んだだろ、俺を」

「……」

呼んだ。たしかに。小さな、小さな声で。

「聞こえた……の？」

「聞こえた」

瑠璃丸は体を起こし、真珠の横にどすんと座った。

「聞いたことない声のやつに名前呼ばれたって、聞こえないぞ。でも、お姫さんの声は、このまえ聞いたから」

「――大君」

周防が苦い表情で、真珠のもとへ駆け寄ってくる。

「本当にお呼びになったのですか？　この鬼を？」

「ごめんなさい。怖くて、つい……」

呼んでなどいないと、とぼけることもできた。だがそれでは、せっかく助けにきてくれた瑠璃丸に、失礼になる。

「……親父(おやじ)じゃなくて俺だったんだな、呼んだの」

瑠璃丸は少し意外そうに言って、頭を掻いた。

「あ……迷惑、でした？」

「いや、全然。親父はいま猪(いのしし)狩りにいってるから、呼んでもすぐ来られたかどうか」

「え、猪……？」

真珠と瑠璃丸が話している間に、女房たちが集まってくる。少し遅れて琴宮も、末弟を抱いた女房を連れて姿を現した。

「お母様……。松若は大丈夫？　鶴若と乙姫は？」

「皆、無事だったわ。……白銀殿のお子ね？」

琴宮に視線を向けられ、瑠璃丸がうなずき返す。

「近江の白銀の次男、瑠璃丸。あんた、お姫さんの母さん？」

「何です、無礼な――」

「構わないわ」

声を上げかけた女房を笑って制し、琴宮は傍らにあった円座に腰を下ろした。

「ええ、この子の母です。今日はあなたが、怪しの物を追い払ってくれたのね。礼を言います」

「追っ払ったけど、あれ絶対また来るぞ。親父が追っ払って三日しかもたないって、陰陽師呼ばなかったのか？」

瑠璃丸の言葉に、女房たちがざわつく。

「陰陽師は呼んだわ。ちゃんと術をしたはずなの」

真珠が答えると、瑠璃丸は眉間を皺（しわ）めた。

「本物の陰陽師だったのか？　道が開きっぱなしだぞ」

「道？　……道って、何？」

「怪しの通り道だよ。人が通る道みたいに、怪しが通る道があるんだ」

瑠璃丸は片手を振って、あちらからこちら、といったふうに指し示す。

「この家は一周ぐるっと守りが固いのに、一か所だけ穴が開いてて、そこが通り道になって怪しが入ってくるんだよ。もしかしたら、前はちゃんとふさがってたのかもしれないけどさ。でも、いまは開いてる。そこから怪しが入って、吹きだまりみたいに怪しが集まってくるんだ。――このまえうちのお袋が言ったろ、陰陽師に何とかしてもらえって。陰陽師がその穴ふさげば、それで済むはずなんだよ。そこで道は切れるから」

「……」

女房たちは顔を見合わせ、琴宮も困った表情をした。

「どうやら峯行には、あまり陰陽師としての才はなかったようね……」

「陰陽頭なのに……？」

つい、そう口にしてしまい、真珠はちょっと首をすくめる。

「陰陽寮の仕事は魔除けだけではないわ。天文や暦や漏刻……。だから峯行が陰陽頭でも、何の問題もないの。ただ、できないことはできる者に任せてほしかったわね」

嘆息し、琴宮は再び瑠璃丸を見た。

「あなたには、その『道』が見えるのね？」

「何となく。でも俺は目より鼻が利くから、道を見つけるよりにおいをたどるほうが早いな。親父や俺の姉ちゃんなら、目のほうがいいから見えるだろうけど」

鬼にも得手不得手があるらしい。

「……このあいだ、わたくしから魔のにおいがするって……」

「ん？　……ああ」

瑠璃丸は真珠に目をやり、鼻の頭を指でこする。

「人の鼻にはわかんないにおいだぞ。怪しのにおいは、怪しの目印だから」

「まだ……する？」

「……三日かそこらで消えるもんじゃない」

気の毒そうに、瑠璃丸は少し声を抑えて言った。

自分ではわからないが、においをつけたのが、あの魔の姫なら――月草が言っていたように、古い魔にとって十年が昨日のようなものなら、においが消えるにも、それ相応の年月がかかるのかもしれない。

「早く消す方法、ないのかしら……」

そう言って真珠がため息をつくと、瑠璃丸は片膝を抱えて下を向く。

「……方法、なくはないけどな」

「えっ？　消せるの？」

「消すんじゃなく、別のにおいをつける、っていう……」

「香をたくみたいに？」

真珠は着ている袙の両袖を、ちょっと広げてみせた。普段使っている薫物の香りが、ふわりと漂う。

「まぁ、そういうのに近いのかな。においの上に別のにおいをつけるってことなら」

「どんな薫物なら、魔のにおいが消せるの？」

「怪しより強いやつのにおい」

「……」

真珠は思わず、口を半開きにした。そもそも人の鼻でわからないにおいなら、人の鼻で嗅ぐ薫物では、用をなさないのだ。

「魔より強い……だと……あの、鬼のにおい？」

「古い魔に勝てるかどうかはわかんないけど、そこらへんの怪しなら、鬼のにおいで避けられるな」

顔を上げ、瑠璃丸は少し口を尖らせた。

「だから言ったんだよ。うちに来いって。鬼の家にいれば、鬼のにおいが身につく。怪しは寄ってこなくなる」

「――なりませんよ、大君」

真珠が何か言う前に、すかさず周防が制する。

「穴とやらをなくせば、怪しの物も入ってきますまい。それに、峯行はどうやら当てになりませんが、十年前には峯成が殿の魔のにおいを消しているとやら、先だっての話であったではありませんか。きちんと術を使える陰陽師を選べばよいだけのこと。大君が鬼の家などへ行く必要はないのです」

「……行けないのはわかっているわ」

自分の立場は、理解しているつもりだ。右大臣の孫娘が、軽々に鬼の住まいへ出向くことなど、できるはずがない。

「別に、わざわざうちに来なくたって、いま俺がここにいるだけで、少しは鬼のにおいが移っただろうから、今日明日ぐらいは大丈夫だろ」

周防をちらりと横目でにらみつつ、瑠璃丸は勢いよく立ち上がった。

「俺のにおいが消える前に、今度はちゃんと穴をふさいどけよ。――じゃあな」

つっけんどんな口調で告げて、瑠璃丸は御簾をはね上げ、外に出てしまう。

「瑠璃丸……！」

「大君、いけません――」

真珠は止める周防の手を振り切ると、瑠璃丸を追って御簾をくぐった。

「待って、瑠璃丸……」

簀子で瑠璃丸に追いつき、毛皮の衣の袖を摑むと、瑠璃丸が振り返る。

……あ。

その瞳は、唐渡りの紺瑠璃の杯によく似た色をしていた。瑠璃丸、という名である理由が、ひと目で察せられる。

一瞬その色に見とれていると、瑠璃丸は微かに眉根を寄せた。

「……何だよ？」

「あ。……あの、えっと、何か、お礼……」

「いるかよ、そんなもん。礼がほしくて来たんじゃない」

「……ごめんなさい」

「謝ることでもない。……いいんだよ、お姫さんが無事だったんなら、それで」

早口の荒っぽい言い方に、真珠は顔をほころばせる。

「いい人ね、あなた」

「俺は人じゃない」

「……いい鬼、ね？」

「鬼にいいやつなんかいるか。だいたい人を食うんだぞ」

「えっ、食べるの？」

「俺は食わない。俺の家は、みんな人は食わない。食えないんだよ。親父もお袋も、先祖に人がまじってるから、どうしたって生まれつき人は食えない。――お姫さんも食わないから、安心しろ」

そういえば、自分が鬼に食べられるかもしれないという心配は、していなかった。たしかに鬼は人を食らうと、話には聞いていたのに。

「それより、離せよ。もう帰るから」

「……あ」

毛皮の袖を両手でしっかり摑んだままだった。

離そうとしたそのとき、庭の木々がざわりと音を立て、急に強い風が吹いた。

「きゃ……」

よろけて後ろに倒れそうになった真珠を、瑠璃丸がすかさず抱きとめる。

「――いったい何してんのよ、瑠璃丸……」

突風とともに庭先に現れたのは、月草と、三日前に会った鬼の子供たちの中で最年長と見えた、角の見えない娘鬼だった。瑠璃丸の姉だろうか。

「何って……別に」

瑠璃丸はそれしか答えず、真珠をきちんと支え起こしてから手を離す。

「いま帰るところだったよ。だから……」

「あの――また怪しの物が出たんです」

ここへ来た理由を母と姉に説明する気がないらしい瑠璃丸に代わって、真珠が声を張り上げた。

「それで、わたくしが瑠璃丸さんを呼んでしまって」

「……お姫さんが？」

「大君――中へお入りください、大君」

周防が御簾のあいだからしきりに手招きしていたが、真珠は聞こえないふりで話し続ける。

「怖くて、とっさに。瑠璃丸さんには御迷惑をおかけしました」

「だから、俺は別に迷惑とか……」

「あらま、たった三日でもう怪しが戻ってきたの？　うちのがあんなに御馳走になったのに、あんまり役に立たなかったみたいね」

かえって申し訳ないと言って、月草は肩をすくめた。すると娘鬼が東の方向の空を見上げ、ぽつりとつぶやく。

「……道、開きっぱなしだからじゃないの」

「あら、まだどこか開いてるの？」

真珠は瑠璃丸の衣の袖を、今度は控えめに引いた。

「……あの方が、目のいいお姉様？」

「お姉様なんて柄じゃないけどな。そう、桔梗って、俺の姉ちゃん」

桔梗という名だという娘鬼は、深い紫色の瞳で、じっと東を見ている。

「道、三日前より広がってるかもしれない。放っておいたら駄目だよ」

「あら、まずいね」

「……陰陽師が頼りにならないやつだったらしいぞ。次は別のやつに頼むだろ」

月草と桔梗にそう言いながら、瑠璃丸は階を下りようとした。

「——もし。月草さん、でしたね」

真珠の背後から声をかけたのは、琴宮だった。女房を通してではなく、自身で直接呼びかけたことに驚き、真珠は思わず振り向く。

琴宮は御簾の隙間から顔まで半分出しており、周防と他の女房たちも、おろおろしていた。

「私、その子の母です。世間では琴宮と呼ばれております。今日は、娘さんとお二人でおいでですか」

「あら、お姫さんの。ええ、息子が何かしでかしてないかと思いましてね、一番上の娘と、様子を見にきたんですよ。うちの白銀はいま、狩ってきた猪をさばくのに忙しくて」

「お急ぎでなければ、菓子でも召し上がっていかれませんか。娘さんと息子さんも、御一緒に」

御簾の内からは女房たちのざわめきが漏れ聞こえ、月草も藍色の目を瞬かせている。

「……ずいぶんと変わった方ですねぇ。お姫さんのお母さんなら、やっぱりお姫さんでしょうに。後ろの人たち、困ってますよ」

「問題ありませんよ。さぁ、お上がりください」

琴宮は笑顔で手招きし、月草は困惑しつつも階を上がってきた。桔梗もそのあとをついてくる。

「もっとこちらへ。いま敷物を用意しますね」

「ああ、いいですよ、そんな、もったいない。あたしなんかじゃ、かえって座りづらいですって」

琴宮は月草たちを廂まで上がらせ、御簾も巻き上げさせてしまった。真珠も途惑い顔の瑠璃丸の腕を取り、廂へと引き戻して座らせる。

琴宮の指示で、数人の女房が松の実や甘栗(あまぐり)、餅菓子などを盛った皿を運んできた。真珠は御簾の内には入らず、女房が持ってきた円座も断って、瑠璃丸の隣りに腰を下ろす。

「……あ、これ、豆が入った餅の、見たことある。三滝さんが一度くれたの」

「俺、見たことないぞ。いつの話だよ……」

桔梗と瑠璃丸が餅菓子を手に取っている横で、月草と琴宮はあらためて挨拶を交わし、なごやかに話し始めていた。

……お母様、実は鬼に関心があったのかしら。

桔梗と瑠璃丸に菓子の説明などをしながら、真珠はときどき母の様子をうかがう。奥で女房たちが心配そうに見守っていたが、琴宮は月草から三滝と知り合ったいきさつや山での暮らしのことなどを、興味深そうに尋ねていた。

「……これ、美味いね。いいなぁ、人はこんな美味いもの食べられて……」

「食えるのは、お姫さんの家だからじゃないのか？　近江のそこらへんで暮らしてるやつらがこんなの食ってるの、見たことないぞ」

「……ねぇ、瑠璃丸」

真珠は松の実を口に入れようとしていた手を止め、横を見る。

「あのね、わたくし、真珠っていうの。お姫さんじゃなくて」

「ん？」

「真珠。わたくしの名前」

お姫さんと呼ばれるたびにどこか引っかかりを感じて、真珠は瑠璃丸に念押しするように告げた。

「……真珠」

「そう」

「……ふーん」

ちゃんと呼んでくれたことに満足して真珠がにこりと笑うと、瑠璃丸は少し視線をさまよわせ、甘栗を頬張る。

「真珠って――あの、貝の中に入ってる？」

瑠璃丸の横から桔梗が、身を乗り出してきた。

「あ、そうです。その真珠です」

「へぇ、いい名前だね。前に海の近くに住んでる鬼に見せてもらったよ、貝に入ってる真珠。きれいだったなぁ」

「わたくし、本物の海を見たことがありません。絵に描かれた海しか……」

うらやましいという気持ちが、声に表れてしまっていたらしい。瑠璃丸が餅菓子を飲みこんで、ぼそりとつぶやいた。

「……見たいなら、そのうち連れてってやるよ」

「え――」

「こら、瑠璃丸。あんた軽く言いすぎ」

桔梗が呆れ顔で瑠璃丸の額を小突き、真珠に目を向ける。

「ごめんね。こいつ、あんまりわかってないんだよ」

「……いえ」

真珠は小さく笑って、首を横に振った。すると瑠璃丸はむっとした表情で、桔梗を見る。

「何だよ。わかってるよ。真珠はお姫さんだから、遠くには出かけられないっていうんだろ。けど俺が背負っていけば、摂津(せっつ)の海あたりなら、あっというまに行って帰ってこられるって――」

「……それじゃ余計に無理だわ、瑠璃丸」

どうやら瑠璃丸は、道のりの遠さで不可能だと思っているようだが、そもそも距離の問題ではないのだ。

「わたくしね、『后がね』なんですって。だから、自由にどこかへ行けないの」

「……何だ、その、さきがね？」

「きさきがね。帝の后になるかもしれない人のこと」

「んー……？」

まだよくわからないようで、瑠璃丸は桔梗に、どういう意味かと目で問うていた。

桔梗は微かに、眉間に皺を寄せる。

「帝はわかるでしょ。この国の人の中で一番偉い人。后は帝の妻ってこと。……で、あってる？」

「あってます」

「……真珠、帝と結婚するのか」

「大人になって、次の帝の御代になったら、宮中へ上がって、后になるんですって。わたくしが生まれたときに、おじい様とお父様が、そうお決めになったの」

自分でも意識しないうちに、沈んだ声になってしまっていた。真珠はうつむいて、手のひらにある小さな松の実を見つめる。

「后がねだから、どこにも行けないの。外に出て、何かあったら大変だから、って。わたくし、一度もこの家から出たことないわ。これからもそう。それでも、まだ八歳だから庭には出してもらえるけど、十歳になったら、それもできなくなるわ。ずっと家の中なの」

たぶん自分がこの桃殿を出られるのは、入内(じゅだい)のために宮中へ向かう、その道中だけなのだろうと——父や祖父から、おまえは后がねなのだと言われるたびに、そう思ってきた。

山は遠くにあるもの、海は絵の中のもので、この目で間近に本物を見ることはないと。

「……何か、あんまり后になりたくなさそうだな」

瑠璃丸に言われ、真珠は、そんなことない——と返せなかった。

生まれたときから自分の行く末は決まっていて、父も祖父も、自分の入内をとても楽しみにしている。自分自身はそれを楽しみとは思えなくても、何となく気が乗らないからというだけの理由で、取りやめにはならないだろう。

結局、定められたとおりの道を進むしかないのだ。

「なりたくないなら、やめればいいだろ。帝じゃないやつと結婚すればいい」

「あんたね、いい加減に——」

「それじゃ、瑠璃丸がわたくしのお婿さんになってくれる？」

真珠は松の実を握りしめ、唇をきつく引き結んで瑠璃丸を見上げた。

絶対に覆せないことを、やめればいいと簡単に言うのなら、瑠璃丸にも迂闊に返事ができないことを訊いてやりたかった。

瑠璃丸は鬼だ。どれほど美しくても、角の生えた鬼なのだ。人の、それも貴族の娘の夫になるなど面倒に違いないから、婿になると言えるはずがない。

それは無理だと瑠璃丸の口から言ってくれたら、自分もいつかおとなしく入内する覚悟ができるかもしれない。だから——

「いいぞ、なっても」

「……」

簡単に。

返事をされてしまった。

いつのまにか母と月草は会話をやめてこちらを見ており、桔梗も豆餅を片手に持ったまま、ぽかんと口を開けている。

しばしの沈黙の後――真珠の背後で、誰かが吹き出すのが聞こえた。振り向くと伯父の公貫が廂の端に立っていて、肩を震わせ笑っていた。

「おじ様――」

「っははは……いいな、潔い。真珠の婿は近江の鬼か。ははは……」

「そこにおいでなのは兄上ですの？」

琴宮が少し身を傾けて、公貫のいるほうを覗く。

「また怪しの物が出たって、うちに知らせがきたから、様子を見にきたんだよ。そうしたら……ははは」

公貫はひとしきり笑ってから、真珠たちのもとへ歩いてきた。

「白銀の北の方と子供たちか。そういえば、先だってはきちんと名乗らなかったな。私は源公貫。この琴宮の兄だ。あちら――隣りの家に住んでいる」

公貫は西のほうを指さして、廂に腰を下ろす。

「近江から来てくれたということは、真珠がまた助けられたのかな。……ああ、やはりか。しかし右府殿と信俊はがっかりするだろうね。今度こそ守りは完璧だと言っていたから」

公貫は手を伸ばして松の実を数粒摘まむと、口に放りこんだ。

「それで？　峯行もあてにならないから、鬼を婿にすることにした？」

「八の君、そのようなこと……」

周防が顔を出し、公貫の軽口をいさめる。

「まぁ、きっと真珠は入内したくないのだろうと思っていたけどね。――嫌なんだろう？　本当は」

「……だって、宮中ってどんなところ、ってお母様に訊いても、お母様いつも難しいお顔ばかりなんだもの。全然楽しくなさそう」

「はは……うん、そうだな。私たちにとっては、楽しい場所ではなかったからね」

松の実を嚙み、公貫は苦笑した。

「帝の妻となるのは一人じゃない。言わば争いだ。実家がどれほど裕福か、親兄弟がどれだけ権力を持っているか、そして誰よりも早く皇子を産めるか――勝ち残った者だけが、本当の『后』になれる」

「……大変そう」

少しおびえた様子でつぶやいた桔梗に、公貫が穏やかに笑いかける。

「そう、大変なんだ。母親が帝の妻の一人で、宮中で生まれ育った私と琴宮は、そんな争いを嫌というほど見てきた。真珠は家柄も血筋もいい。勝ち残れる可能性は充分ある。……ただ、先のことは誰にもわからない。不測の事態が起きないとは限らないし、勝ち残りさえすれば幸せだとも限らない」

「……不測の事態なら、もう起きているわ」

低い声のつぶやきに、真珠は母を振り返った。琴宮は険しい面持ちで、皿に残った菓子を見つめている。

「后がねであるはずの娘が、厄介な怪しの物に目をつけられてしまったのよ。これが不測の事態でなくて何？　……殿も大殿も、今回のことが入内の妨げになるかもしれないなんて、考えていないようだけれど」

「……たしかに」

妹の言葉にうなずいて、公貫は首の後ろを掻いた。

「右府殿と信俊は、真珠の入内を取りやめようなどとは微塵（みじん）も考えていないのだろうが、もしも入内までに魔のにおいを消せなければ、真珠が宮中に上がった途端、怪しの物どもまでが宮中に現れて、暴れまわることになるかもしれない。そうなったら、勝ち負け以前の問題だ」

「……あの」

月草が琴宮と公貫をかわるがわる見て、ためらいがちに切り出す。

「実は、これ、言わなくていいと思って……っていうか、言ったら変に怖がらせるだろうし、確実な話でもないのに、って……」

「何ですか？　月草さん。何でも仰ってください」

「……この三日のあいだに、知り合いの鬼に、古い女の魔に心当たりがないか尋ねたんですけど」

「まぁ。わざわざありがとうございます」

「いやね、昔、ちょっと気になる女の魔の話を聞いたから。もう一度ちゃんと聞いておこうと思ってさ。……で」

言いにくそうに、月草はしばし口をもぐもぐさせていたが、ようやく言葉にした。

「……その女の魔が、今度の魔と同じとは限らないよ？　ただ、その知り合いが覚えてる中で一番面倒な女の魔が、食った娘に姿を変えるやつだ、って」

「姿を、変える……？」

「長くこの世にとどまるうちに、魔も姿が衰えてくるんだよ。そうすると、その女の魔は、若くてきれいな娘を見つけて、魂ごと食らうんだって。……若い娘の魂を食った魔は、その食った娘そっくりの姿になって若返る。そうやって、またこの世に長く存在し続ける、って……」

「……」

琴宮と公貫が、渋面を互いに見合わせる。

「まさか、信俊の魔のにおいが早く消えたというのは、信俊は男だから若返るために食らう必要がなかった……」

「いや、わかりませんよ。そういう女の魔がいるらしいってだけで、同じ魔とは限らないって言ったじゃないですか」

月草は慌てて両手を振ったが、琴宮と公貫が眉間の皺を緩めることはなかった。

……そうなのかもしれないわ。

真珠は月草の話に、妙に納得していた。

あの魔の姫が「人の魂を食らう物」であったならば、ああいう重く冷たい、何とも気味の悪い気配をまとって現れたのもうなずける。

あのような魔に、獲物と定められてしまったのなら——これはもう、宮中へ上がることなど不可能だ。

いや、それだけではない。この家には両親も弟妹もいる。このまま魔の姫に狙われ続けていたら、今後危ない目に遭うのが自分だけとは限らないのではないか。

「……わたくし、一人でどこか遠くへ行くわ」

「真珠――」

「だって、ここにいたら、鶴若や乙姫まで危ない……」

「それは違うよ、お姫さん」

思いのほか強い口調で否定したのは、月草だった。

「たしかに穴はあるけど、ここは他所(よそ)に比べれば守りは固いんだ。何より人が多い。人目があるほうが魔もやりづらいもんだよ」

たしかに、三日前に魔の姫に襲われかけたときも、女房の打撒に救われているが。

「……白銀さんのお家(うち)より安全ですか？」

「うちのがずっと危ないよ。何せ鬼は人を食うんだから。うちの連中が誰も食わなくたって、訪ねてきた他所の鬼がお姫さんを見つけるなり、あっというまに食っちまうかもしれない。見境ないやつはどこにだっているから」

だから駄目だと、はっきり言われてしまった。すると黙々と甘栗や松の実を口に運んでいた瑠璃丸が、独り言のようにつぶやく。

「……だから、俺が守ってやるって言ってんのに」

「え？」

瑠璃丸は不機嫌そうな表情で床に目を落としたまま、それでも今度はもう少しはっきりと言った。

「守ってやるよ、俺が。魔だろうが怪しだろうが、つまり全部追っ払えばいいだけの話だろ」

「……お婿さんになって、守ってくれるの？」

「だから、そう言ってんだよ」

瑠璃丸は松の実を音高く噛む。

「婿になるってさ——貴族のお姫さんの夫なら、それなりの人なんでしょ、普通は」

桔梗が真顔で首を傾げた。

「いい家の子でさ、お金持ってて、歌なんかすらすら詠めて」

「……まぁ、うちにはひとつも当てはまらないね」

月草は苦笑して、暗に瑠璃丸が婿になるのは無理だと言っていたが。

「——それなら、私の養子にしようか」

公貫が、いたって真面目な様子で提案する。

それを聞いた琴宮が、目を見張った。先ほどから、御簾の向こうで女房たちのひそひそ声が聞こえていたが、ざわめきがさらに大きくなる。

「兄上、それは……」

「名案だろう？」

「……」

琴宮は困惑の色を見せたが、それは一瞬だけのことだった。口の中で何かつぶやいて、琴宮はひとつ、しっかりとうなずく。

月草と桔梗は、よく意味が飲みこめていないのか、またも口を半開きにしていた。

「……あの、ちょっと」

「養子……って」

「私の息子ということにするのだよ」

「鬼を息子になんて、できるんです……？」

「私の知る限り、鬼を養子にした者はいないが、まぁ、してはいけないという話も、聞いたことがないからね」

皿から今度はひと粒だけ松の実を取って、公貫は口に入れる。

「……私の息子になれば、少なくとも家柄と財産までは保証できるよ。ただし、歌のほうは相当の努力が必要になるが——」

公貫はそう言って薄く笑みを浮かべ、瑠璃丸を見た。

「きみ次第だ。どうする？」

「俺次第って……あんたの家族は反対するんじゃないのか」

「あいにく私には、妻も子もなくてね。反対する者はいないよ」

「なら……」

「ちょっと――ちょっと待ってくださいよ」

我に返った月草が、平手で床を叩く。

「あんまり無茶言うもんじゃありませんよ。この子を見てください。髪も目もこの色だし、角だって生えてるんです。家柄も財産もある人が、角の生えた子を養子にするなんて、笑い者になりますよ」

「笑われて特に困ることもないが――そうか、見目か。しかし別に、見目も特に問題はないだろう。目は、よくよく見なければ黒と言えないこともない。髪も……まぁ、生まれつき白髪だと言い張れば、何とかなりそうだ。角は……うーん、外を歩くのに気になるようだったら、烏帽子を大きめに作って隠すか……？」

首をひねっている公貫を、瑠璃丸が横目で見た。

「切ればいいだろ、角ぐらい」

「切れるのか？」

「切れるだろ。切ったことないけど」

瑠璃丸の言葉に、月草と桔梗が静かに息をのむ。

「……あんた、本気？」

「できないならできないって言う。角を切って養子になるぐらいなら、できる」

それを聞いて、月草の表情がすっと引き締まった。

「……桔梗」

「何？」

「あんたも、人の世に行きたがってたね」

「……だってあたし、全然角が生えてこないし。鬼の世にいたって、鬼扱いしてもらえないじゃない。そりゃ、人の世に入ったって、人扱いしてもらえるわけでもないだろうけど……」

桔梗は口を尖らせ、下を向く。どうやら桔梗は、角のない鬼という立場に悩んでいたらしい。

月草は意を決した様子で背筋を伸ばし、公貫に向き直った。

「……瑠璃丸と、それから、もしできたら、桔梗もお願いできますか」

「娘さんも養女に？」

「いえ、桔梗はいいんです。ただお家に置いてやってもらえれば。角はなくても力はありますから、下働きにでも使ってください」

「それももったいないね。こんなにきれいな子を。まぁ、そちらは追々考えるとして――瑠璃丸、きみは下働きというわけにはいかないよ」

「……わかってる」

瑠璃丸は公貫の顔を見て、しっかりとうなずく。

「琴宮。婿の身分と教育は私が請け合った。……これでいいか」

「ありがとうございます、兄上」

いかにも安心したように微笑む母に、真珠は思わず訊いた。

「いいの？　お母様……」

「ええ」

簡潔すぎる、だが間違いなく肯定の返事。

真珠は次に、瑠璃丸を振り返る。

「瑠璃丸も、本当にいいの？」

「いいって言ってるだろ。そのかわり、真珠もあとで気が変わったとか言うなよ」

「……言わないわ」

実のところ、入内に対して漠然とした不安があっただけなのと同じように、瑠璃丸を婿にするということについても、明確に理解できていたわけではなかった。

ただ、瑠璃丸が自分の夫であるなら、この先ずっと、側にいてくれると——それはとても嬉しいことだと、それだけを自覚していた。

「わたくし、瑠璃丸と結婚する。……約束するわ」

そう告げて、真珠はにこりと笑う。

そのとき幾つかの忙しない足音が近づいてきて、束帯姿のままの仲俊と信俊が駆けこんできた。

「また物の怪だと——」

「真珠、真珠は無事なのか……っ?」

並べられた菓子の皿と、輪になって座る琴宮と真珠、鬼たち、そして公貫。

仲俊と信俊は、目を白黒させて立ちつくす。

「……これは、いったい……?」

「あら、大殿に殿、おかえりなさいませ」

琴宮は扇を広げ、素晴らしく優美な笑みを浮かべた。

「ちょうどいま、大事な話が決まりましたの。——こちらの月草さんの御子息、瑠璃丸を、真珠の婿にすることになりましたわ」

「……は？」

「まぁ、今日は一段と桃の花がきれいですこと。ほほ……」

琴宮の笑い声が響く中、真珠と瑠璃丸は顔を見合わせ——仲俊と信俊は、しばらく石になったように動かなかった。

# 第二章 桃殿の大君、いまだ裳着を許されていないこと

「──あ、花が」

乳姉妹の声に、真珠は読んでいた冊子から顔を上げた。

「どうしたの？ 笹葉」

「桃の花が咲き始めたんですよ。ほら、あそこ」

「あら、今年は少し早いのね……」

冊子を文机(ふづくえ)に置いて、真珠も御簾越しに庭を見る。たしかに遠目に、花開いたように見える木はあったが、まだ二、三輪といった程度だった。

「見ごろになるのは、もっと先ね」

「そうですね。まだ朝晩冷えますし。……ところで姫様、何をお読みなんです？」

「ああ、これ？ 弘徽殿(こきでん)から届けられたの。いま宮中で流行(はや)っている物語ですって」

「中の君からですか。……お元気でお過ごしなんでしょうかね」

「話に聞く限りは元気そうよ。お母様も、少しは安心しておいでだと思うわ」

「一番安心しておいでなのは、大殿と殿だと思いますけどね。あれで中の君にも入内を拒まれていたら……」

そこまで言っておきながら、笹葉は口がすべったといったふうに、袖で顔の下半分を隠す。真珠は苦笑して、脇息（きょうそく）にもたれた。

光陰矢の如（ごと）し――

父の信俊が図らずも連れてきてしまった魔の姫によって、この桃殿が大混乱に陥り、近江の鬼の助力でどうにか事を収めてから、十年の月日が経っていた。

陰陽頭の賀茂峯行がどうしても塞げなかった物の怪の通り道は、結局、何人かの陰陽師が試した末に、陰陽寮で陰陽博士を務めていた者の術が最も効いたことがわかって、どうにか穴は閉じられたのだが、それでも魔の姫の影響は大きいようで、せっかく塞いだ穴は時折物の怪によってこじ開けられ、そのたびに邸内に怪しの物が現れ、それを祓ってまた陰陽博士が術を施し穴を塞ぐ、ということを、この十年のあいだ、くり返してきた。おかげで怖がりだった笹葉も、すっかり物の怪に慣れてしまったほどだ。

だが、本当に大変だったのは、実は物の怪のことではなかったかもしれない。

十年前のあのときのことは、いまもよく憶(おぼ)えている。后がねであったはずの娘が突然、鬼を婿にすると決め——正確には、それを祖父と父に伝えたのは母だったが、とにかく祖父と父は、猛反対した。それは当然だったろう。祖父と父にしてみれば、自分たちが何も承知していないのに、勝手に決められた話だ。

だが、魔に目をつけられた娘を入内させても大丈夫なのかと問われれば、入内後に問題が起きない保証はどこにもなく、その点においては、祖父も父も頭を抱えるしかない状況だった。

とは言え、それで祖父と父が折れたわけではない。たとえ入内が難しくとも、鬼を婿にするのはあり得ないと——その言い分は、わからなくもなかった。

しかし母は、もう真珠の婿は瑠璃丸にすると決めたのだと、頑(かたく)なに言い張った。あれは説得という口調ではなかった。冷静に淡々と、母は祖父と父にこう告げた。

殿も大殿も、入内のことばかり言われますが、一番大事なのは何ですか。娘の命でしょう。このままでは真珠は、魔の姫に食われてしまうかもしれないのですよ。入内どころの話ではないでしょうに。そもそもそんな恐ろしい魔を呼びこむことになったのは、誰が原因ですか。

それで何です、鬼が婿で何がいけないのです。ただの人を婿にして、魔を追い払えますか。少なくとも瑠璃丸は、こうしてすぐに飛んできて、真珠を守ってくれましたよ。ええ、殿や大殿より、ずっと早くにここへ来てくれました。これ以上に頼もしいことがありますか。

だいたい、どうしても娘を入内させたいのなら、何も真珠にこだわることもないでしょう。殿の娘は、真珠と乙姫だけですか？　他所にもおりますわね？　四条と六条に囲っている女のどちらにも、娘を生ませているでしょう。ああ、それと宮中でも。典侍の一人に手を出して、もうすぐ産み月だそうですね？　そちらにも娘が生まれるかもしれませんわね。

あら、何ですの殿、青い顔をなさって。まさか私が何も知らなかったとでもお思いでした？　存じておりますよ、何もかも。ただこれまでは、あなたに夫として、父親として、特に不足はありませんでしたので、何も言わなかっただけですわ。

そうそう、入内するにふさわしい娘でしたら、まだまだおりますわね。大殿もあちらこちらに通っておいでで、お子もたくさんお作りになっていらっしゃるとか。出家されたお義母様から、よく聞いておりますの。たしか真珠と年の近い娘も、何人か。これで入内の件は心配ありませんわね。どうぞ私に遠慮なさらず、お好きな娘をお選びになって——

あわてふためく父と、ばつの悪い顔で黙りこむ祖父の姿に、勝負あったな、とつぶやいたのは、それまで静観していた伯父の公貫だった。

ちなみに、それらの話し合いの場に同席していたのは伯父だけで、瑠璃丸たち親子は、祖父と父が帰宅してすぐあと、一度近江へ帰っていた。月草もまた、夫の白銀に相談なしに養子の件を決めてしまっていたので、後に桔梗から聞いた話では、やはり急すぎると少々叱られたらしいが、反対はされなかったという。

白銀は祖母が鬼ではなく人、月草も母親が人だったということで、一家は鬼としては人に近く、人と呼ぶには鬼に近すぎる、難しい存在で、白銀自身、子供たちの中であまりに人に似すぎている姿の子は、人里で暮らしたほうがいいのではないかと考えていたらしかった。

そんなこんなで、瑠璃丸と桔梗は公貫邸に住むことになったが、祖父と父は入内についても婿についても、まだ納得したわけではなかった。毎日のように、認めない、反対だとぼやいていたが、そんな中でも物の怪は現れる。

また怪しの物が出たと騒ぎになっては隣家から瑠璃丸が駆けつけて追い払い、それで祖父と父が数日間黙りこむが、ほとぼりが冷めるとまたぼやき始め、そのうち物の怪が再び寄ってきて――とくり返すうち、すっかり物の怪に慣れて肝が据わってきた笹葉などとは逆に、四つ下の妹、乙姫は、こんな怖い家にいるのは嫌だ、と思うようになってきたらしい。

乙姫は十二歳になるなり姉の自分より早く裳着をすませ、当時十三歳だった東宮の妃になるため、桃殿を出ていってしまった。つまり、祖父と父の予定では自分がやるはずだった后がねとしての役目を、結果として乙姫が務めてくれたことになる。そもそも乙姫は魔の影響を受けていないので、宮中へ上がることに何の問題もないのだ。

昨年、帝が代替わりしたため、東宮妃である乙姫も入内し、いまでは十四歳にして弘徽殿の女御と呼ばれている。

あれほど母に、他所にいくらでも入内させられる娘がいるだろうと嫌味を言われた祖父と父だったが、せっかくならばやはり母親の身分が高い娘を入内させたいという望みは捨てがたかったらしく、そうなると皇女を母親に持つ娘は自分か乙姫しかいないわけで、乙姫が東宮妃となることを承諾したときは、長女は無理だったが次女だけでも素直に言うことを聞いてくれてよかったと、それはそれは大喜びしていたものだ。

ただ、宮中にいい思い出がないという母は、乙姫の入内をずいぶん案じていたが、いまのところ弘徽殿で楽しくすごしているようで、このまま母の心配が杞憂に終わることを祈るばかりである。

妹が無事に入内し、祖父は左大臣に、父は大納言に、それぞれ出世していた。家のことは、少なくとも物の怪の件以外は、まず安泰と言っていいだろう。

「ところで、笹葉。このあいだ怪しの物が出たの、何日前だったかしら」

「あ、えー……五日前ですね」

「……そろそろ次が来るかしら」

「このあいだ穴を塞ぎに来たの、陰陽頭でしたよね。陰陽博士は用があるからって」

「だから、峯行の術では何日ももたないと思って」

この十年ずっと陰陽頭の職にありながら、相変わらず陰陽道のほうは不得手な峯行だが、それでもときどき桃殿を訪れては、何らかの術を施しているらしかった。

「もたないから――瑠璃丸さんを呼びたいんですよね？」

「……」

笹葉のからかいを含んだ口調に、真珠は黙って横目でにらむ。

子供のころは、物の怪が出なくとも瑠璃丸は頻繁に桃殿を訪れていた。それが許されていたのは、魔の姫を警戒していたことが第一ではあるが、何より「子供だから」という部分が大きかったのだと、いまにしてわかる。

一年経ち、二年経ち、五年経ち——いつしか瑠璃丸は、怪しの物が現れなければ、自分のもとへは来なくなっていた。

わかってはいるのだ。人の世で生きることになった瑠璃丸には、学ばなくてはならないことが山ほどある。作法、慣習、そして貴族の養子としての教養、学問——ただ物の怪を祓うだけでは、「大納言の娘婿」ではいられないのだ。それゆえに、瑠璃丸はいつも忙しい。

そして人の世では、貴族の娘は年を重ねると、軽々しく男と顔を合わせることはできなくなる。十年が経ち、自分は十八になり、瑠璃丸も二十歳になったという。以前のように、逢(あ)いたいからといって簡単に呼び出すことはできなくなった。唯一の例外——怪しの物が現れた場合を除いては。

物の怪を追い払うために瑠璃丸と縁を結んだはずが、いまや物の怪が現れなければ瑠璃丸と逢えない。本末転倒だ。

「気にしないで呼べばいいじゃないですか。一応、許婚(いいなずけ)なんですし」

仕える主が鬼を婿にすることになり、初めはおびえていた笹葉だが、いつしか肝が据わってからは、主以上に開き直っている節がある。

「……勉強中だったら、邪魔したら悪いじゃない」

「ああ、あれでいて意外と真面目に勉強しているらしいですね。こんなに勉強する子だと思わなかった、って桔梗さんが驚いていましたよ」

「それを聞いたら、余計、呼び出せなくなったわ」

「あ。……いえ、でも、勉強ばかりというのも、ねぇ？　疲れると思いますよ？」

笹葉は慌てて両手を振ったが、真珠は苦笑して、再び冊子を手に取った。

「いいわ、わたくしも今日は、これを最後まで読んでしまうから。笹葉も読みたいでしょう？」

「それはもう！　宮中から送られてくる物語は、どれも面白いですから、女房みんな楽しみにしているんですよ」

満面の笑みでそう言われてしまっては、早く読み終えて女房たちにまわしてやるしかない。真珠は急いで冊子を開き、ひとまず物語に集中することにした。

頭から被っていた衣をそっと取りのけ、側にあった几帳の切れ目から覗くと、部屋の片隅が衝立(ついたて)に囲まれ、その隙間から明かりと人の声が漏れていた。

どうやらあの一角に女房たちが集まり、弘徽殿から送られてきた物語を、皆で読んでいるようだ。声がするのは、女房の一人が朗読して聞かせているからだろう。

こういうときは、皆、物語に夢中になっていて、先に休んだ主のことは頭から抜けている。

だが、それでいいのだ。ただでさえ魔に目をつけられている厄介な主に仕えている女房たちである。優雅な暮らしとはほど遠い、いつも物の怪を気にしながらの生活を強いられている。たまには物の怪のことは忘れて、物語を楽しむような時間がなくては、気疲れするばかりになってしまう。

幸い、日暮れ前に陰陽博士が立ち寄り、術を施し直してくれたという。これでまたしばらくは、物の怪の侵入を心配しなくてよくなった。

……でも、それも寂しいわ。

また瑠璃丸を呼ぶ口実がなくなってしまった。もう何日、瑠璃丸に逢っていないだろう。

真珠は衣に袖を通し、そっと寝床から抜け出した。壁代をくぐり、女房たちが集まっている一角とは反対側にある妻戸を開け、そっと外にすべり出る。

桃殿の西隣にある公貫邸に少しでも近いところにいたくて、真珠は三年ほど前に、それまで両親とともに暮らしていた寝殿の母屋から、西の対へ移っていた。すでに元服した弟の鶴若は東の対に住み、いま両親と寝殿で生活しているのは今年で十一歳の弟、松若と、六年前に生まれた末弟の竹若(たけわか)だけである。

松若が元服したら、本当ならこの西の対を使うはずだっただろう。申し訳ないと思いつつ、ここは瑠璃丸との距離がわずかでも近い場所だという安心感は大きかった。

南側の広廂に出ると、途端に冷たい風が吹きつけた。桃が数輪咲いたとて、二月の夜はまだ寒い。もう一枚くらい何か羽織ってくるべきだったかと思いながら、真珠は端近に出て天を仰いだ。――暗い。何も見えない。たしか今夜は三日月のはずだが、雲に隠れているようだ。

それでも隣家があるはずの西を向き、闇に目を凝らしてみる。

……瑠璃丸。

こんな夜になって呼び出すつもりはなく、本人の耳には届かせないよう、その名を吐息にまぎれこませる。

いま、何をしているのだろう――

そのとき、雲の切れ間にぼんやりと月明かりが差し、突然、上から大きな影が降ってきた。

「……何してる。こんなところで……」

十年前よりだいぶ低くなった、しかし、つっけんどんなところは変わらない声。

真珠は思わず、息をのむ。

「えっ。……瑠璃丸？」

さらに雲が流れ、淡い月の光が、結っていない長い白銀の髪を照らした。

この十年で六尺近くに伸びた背丈。整った白く美しい、それでいて鷹(たか)や野犬のような荒々しさを感じさせる、精悍(せいかん)な面差し。

「もしかして、屋根にいたの……？」

「……見まわりだ」

それだけ答え、瑠璃丸は真珠を奥に押し戻しつつ、妻戸を開けようとする。

「怪しが出たわけじゃないんだろう。中に戻れ。冷えるぞ」

「え、嫌……。せっかく逢えたのに」

真珠は慌てて瑠璃丸の手を摑んで、首を振った。

「寒くないから。お願い、まだ一緒にいて」

「嘘つくな。震えてるぞ」

「いいの。平気よ」

「……ったく」

口調はいかにも呆れていたが、眉間にあった影は、さっきより薄くなっていた。

「屈（かが）め。少しでも風にあたらないようにしろ」

瑠璃丸は妻戸の前に真珠を座らせると、その前に片膝をつき、着ている狩衣の袖を広げる。それで風よけをしてくれるつもりのようだが。

「……っ、おい、真珠——」

真珠はそのまま瑠璃丸の胸にもたれかかり、そのはずみで尻餅をついた瑠璃丸は、真珠を腕に抱える格好になった。

冷えた狩衣の生地に頰を押しあて、真珠は瑠璃丸にしがみつく。

瑠璃丸の袖に頭と背を覆われて、夜風はさえぎられた。瑠璃丸の腕の中に、次第にぬくもりがこもってくる。

「……瑠璃丸」

「何だ」

「勉強、大変？」

「……字を覚えたら、そうでもない」

「歌を送ってもいい？」

「いいけど、返歌はしないぞ」

「くれないの？」

「歌は難しい。勉強のがまだましだ」

「笛はあんなに上手なのに……」

「……真珠の前で吹いたことないだろ」

「お稽古しているの、ここまで聞こえるのよ。おじ様も褒めていらしたわ。意外な才能だった、って」

「……でも、笛がちょっと吹ける程度じゃ、認めてもらえないだろ」

誰に、何を認めてもらうのか——それは言葉にされなくても、よくわかっていた。

母は認めてくれているし、真珠自身も結婚相手は瑠璃丸と決めている。だが、いまだに祖父と父が承知しないのだ。

公貫は瑠璃丸を正式に養子とし、人として、貴族としての様々なことを学ばせて、三年前には元服もさせ、源直貫という名も与えた。それもこれも、祖父と父が事あるごとに、人の世で暮らせるはずのない鬼を娘婿にはできない、字も書けない者を娘婿にはできない、いくら源氏の養子になってもそれにふさわしい立ち居ふるまいを為せない者を娘婿にはできない——などと難癖をつけ続け、それを瑠璃丸が努力に努力を重ねて、ひとつひとつこなしていった結果だ。

「おじい様とお父様のことなら、あんなのはもう、駄々をこねているだけだわ。おじ様は、いまの瑠璃丸なら出仕だってできるって、仰っていたもの」

「……とは言っても、俺は結局、鬼だからな」

そう——瑠璃丸が貴族らしくなっていき、つける難癖がなくなってくると、最後に出てくるのが「やはり鬼を娘婿にはできない」なのだ。

もっともこれを言うと、すかさず母の皮肉がついてくる。鬼を娘の婿にしなければならなくなった、その原因を作ったのはいったいどなただったかしら——と。

だから、鬼なので娘婿にはできない、という根本的な難癖は、実質封じられているのだが。

「鬼だから——何？」

真珠は顔を上げ、少し伸び上がって瑠璃丸の目を見すえた。

「鬼だから、いつもわたくしを守ってくれるのでしょう？　人のお婿さんなら、こんな冷える夜に、物の怪が出ないように見まわってはくれないわ」

「……まぁ、普通の貴族の男は、屋根には上らないだろうな」

細い月がまた雲に隠れ、瑠璃丸の顔がよく見えなくなる。

真珠は首を伸ばしたまま、さらに瑠璃丸にもたれかかった。頬がやわらかくて冷たいものに触れる。耳元に、微かに息がかかっていた。

「ねぇ。……わたくしね、もう、十八なのよ」

「……知ってる」

「あなただって、おかしいと思うでしょう。……わたくしが、まだ裳着をしていないなんて」

瑠璃丸につける難癖がつきてきたとき、祖父と父は、婿取りを阻止する別の言い訳を思いついた。真珠はまだ裳着をすませていないから、結婚はできない——娘を子供として扱うことで、問題を先延ばしにしたのだ。往生際が悪いにもほどがある。

「情けないわ。……あなたはちゃんと、元服してくれているのに」

「……別に、そこはそんなに気にすることないだろ」

「だって……」

「裳着がどうだって、真珠はもう子供じゃない。見ればわかる」

子供じゃないと言いながら、まるで子供をあやすように、瑠璃丸は真珠の背を軽く叩いた。

そうではない。なだめてほしいわけではなくて。

「……本当にそう思ってくれているの？」

「思ってる」

「本当に本当？」

「……俺は嘘ついたことないぞ」

真珠の背にまわされた腕に、ようやく少し力がこもる。

頬に触れていたやわらかいものが、肌の上をすべるように動いた。

月明かりは再び差していたが、真珠はじっと目を閉じている。

耳の下から鼻先をかすめ、瑠璃丸の唇が、ようやく真珠の口の端にたどり着いた。

下唇の形をなぞるように舌先で舐められて、それからゆっくりと唇が重ねられ――

味見でもされているようだと、いつも思う。いつか、このまま食べられてしまうのかもしれない、などと。

……それでもいいわ。

唇を食むように口づけられながら。

真珠は、瑠璃丸の首に腕をまわした。

「あれ――真珠のところに泊まったんじゃなかったの」

あくびをしながら起きてきた公貫が、朝餉（あさげ）の粥（かゆ）を勢いよくかきこむ瑠璃丸を見て、間の抜けた声を上げた。

「昨夜出かけていったから、今度こそ泊まってくるのかと思ったのに」

「……ただの見まわりですよ。いつもの」

「でも、真珠には逢ったんだろう？」

出かけたことしか知らないはずなのに、何故わかるのか。瑠璃丸がいぶかしげな目を向けると、公貫はにやりとする。

「朝餉の食べっぷりがね、いつもよりいいんだよ。とはいえ、泊まってくるほどのことがあれば、きっともっと様子が違うだろうからね。まぁ、思いがけず逢って話せたっていうぐらいかな」

「……」

とぼけた顔で鋭いから、油断がならない。

瑠璃丸が眉間を皺めると、公貫はからからと笑った。

「おまえは素直だから、顔や態度に出るんだよ。十年も親をやっていると、これぐらいはわかるようになるさ」

「……俺は十年経っても、父上のことがさっぱりわかりませんよ」

「おや、そうか。隠しごとは何もないんだけどね」

たしかに隠しごとはないのだろうが、こちらが訊かないことは話さないのだから、明かされていないことは山ほどあるに違いない。公貫はそういう人物だ。

「殿――おはようございます」

奥から洗面用の角盥（つのだらい）を運んできたのは、瑠璃丸の姉、桔梗だった。

濃い檜皮色の髪を長く伸ばし、松重（まつがさね）の五衣、紅の長袴（ながばかま）に裳を後ろに引いたその女房姿に、一見違和感はなく、きびきびと働くさまは、すっかり所作が板についている。

「おはよう桔梗。その袿（うちき）はこのあいだ縫っていたものかな？　よく似合っているよ」

「……ありがとうございます」

はにかんだ桔梗の白い頬に、ふっと赤みが差す。

「殿、お爪はどうされます？　そろそろ伸びてこられたと……」

「今日は日が悪いな。明日切ってもらおうか」

「わかりました。――あ、まだ額が濡れてますよ……」

顔に出てわかりやすいというなら、こちらはどうなのだろう。瑠璃丸は大根の漬物を嚙みながら、かいがいしく主の洗面の世話をする姉と、まったくいつもと変わらない様子で世話をされている公貫を眺めていた。

初め、下女として力仕事もするつもりでこの家に来た姉は、せっかくの美人がもったいないと公貫におだてられ、きれいな衣も着せられて、いつのまにか女房勤めをするようになっていた。

昔からこの家に仕えている先達の女房たちに根気よく行儀作法や仕事を教わって、いまでは立派に女房をしている。それはいいのだが、何かと公貫に褒められているうちに、どうやら姉は、ひとまわり以上も年の離れた主に惚れてしまったらしいのだ。

ちなみに公貫に妻はいない。過去に二度、結婚したことはあったが、いずれも病で相手が早くに亡くなってしまったそうで、自分は結婚に縁がないのだろうと、公貫は以前話していた。もう妻帯する気はないとも言っていたが、どう見ても自分に好意を持っている若い女――鬼ではあるが、これほど身近にそういう女がいることについては、どう考えているのだろう。

……鬼を養子にするぐらいだから、鬼を恋人にするようなことだって、平気でやりそうなもんだけどな。

それともやはり、十四も年が違えば、娘のように思えてしまうのだろうか。

桔梗が盥を持って下がると、公貫は鏡の前に座り、髭を抜き始める。

「――そろそろ、また催促に行かなくてはいけないね」

「何のですか」

「いつになったらおまえを正式に真珠の婿にしてくれるのか、だよ」

「……今度も、まだ真珠の裳着がすんでない、で話が終わるんじゃないですか」

「五度も六度も同じ理由で先延ばしにされてはね。またそれを言うなら、もう勝手に通わせると言うよ」

「それは……」

まだ正式に結婚を認めていないのに通ってきた、という理由で、婿の話そのものがなかったことにされそうな気がするのだが。

瑠璃丸は箸を置き、目を伏せる。

「……俺は、勝手にはできないですよ」

「世間の男は、当の女人の承諾が得られれば、勝手に通うものだよ」

「世間の男ならそうできても、俺は鬼ですから。勝手をしたら、しょせんあいつは鬼だからって言われて、それまでです」

「瑠璃丸。……いや、直貫」

顔を上げると、公貫は少し厳しい表情をしていた。

「おまえは人と鬼を区別しすぎている。これからもっと外に出ればわかるだろうが、鬼よりはるかに恐ろしい者は、ざらにいるからね」

「……」

「おまえは私の子だよ。もう少しそれを利用しなさい」


「瑠璃丸——瑠璃丸、ちょっと、いま何してるの？」

桔梗に背後から肩を叩かれ、瑠璃丸は読んでいた歌集から顔を上げて振り返る。

「痛いな、何だよ……」

「ああ、歌の勉強中？　ねぇ、悪いけど岩雄（いわお）さんと一緒に届け物に行ってくれない？　あとついでに買い物も」

「届け物？」

「ほら、殿と親しい民部大輔（たいふ）様。近ごろ具合がよくないんですって。だからお見舞いのものを届けるように言われてるんだけど、岩雄さん一人で五条のお家まで運ぶの、大変なのよ。あんた持ってあげて」

普段しとやかにふるまっているが、姉弟二人のときは、雑な態度だ。瑠璃丸は息をつき、歌集を閉じた。

「光輔(みつすけ)さんは？」

「嵯峨野(さがの)まで文を届けに行っちゃったのよ」

「……そっちを俺に頼めばよかったのに」

言いながら立ち上がり、くつろげていた狩衣の襟元を留め直す。

「格好、このままでいいのか？」

「届けるだけだから大丈夫でしょ。詳しい場所は岩雄さんが知ってるから。あ、殿の文も忘れないでね」

桔梗に急き(せ)立てられて瑠璃丸が下屋にまわると、白髪まじりの痩せた雑色(ぞうしき)が待っていて、申し訳なさそうに一礼した。

「すみません若君、今日はみんな用事が重なって、手が離せませんで……」

「別にいいよ。俺は暇だし。見舞いのものは？」

「これです。柑子(こうじ)と、うちで作った菓子でして」

置いてあったのはひと抱えある重そうな布包みで、たしかにこれを、二条のこの家から五条まで、老体の岩雄に持たせるのは気の毒だった。

「父上の文は？」

「ここに持っております」

「じゃあ、行くか」

瑠璃丸はずっしりとする布包みを片腕に抱え、岩雄はあとで買い物するための籠を背負って、外へ出た。

岩雄と並んで、瑠璃丸は烏丸(からすま)小路を南へと歩く。

すれ違う人々は、無遠慮な視線を瑠璃丸に向けていた。日ごろ邸宅からあまり出ないが、たまに出ると、いつもこうなる。烏帽子に狩衣という格好だけなら別段珍しいものではないはずだが、注目をあびているのが着ているものではないということは、さすがに自覚していた。人々の視線はいつも上向きで、中にはわざわざ追い越してから振り返る者もいる。

「……なぁ。俺、目立つか？」

思わず岩雄に尋ねると、岩雄も遠慮なく笑った。

「それは目立ちますよ。何せ、それだけ上背がおありだ。それに、髪の色も」

「……髪は、烏帽子でだいたい隠れてると思うんだけどな」

「目立ちはしますが、鬼には見えませんよ」

「まぁ、こんな昼日中から、鬼が普通に出歩いてるとも思わないだろ……」

これが角を生やしたままだったら、目立つだけではすまないかもしれない。瑠璃丸は布包みを抱えていないほうの手で、額にかかる前髪を撫でつける。

額の左右の生え際には、いまも角を切ったあとが残っていて、前髪を伸ばしてそれを隠していた。

一度だけ、角を切ったあとを見せてほしいと、真珠に言われたことがある。だが、根元から鉈で切り落とし、血止めのために熱した鉄で焼いた傷あとは、人に見せられるようなものではなく、ましてや真珠に見せれば怖がらせてしまうに決まっていたので、断った。以来、二度と見たいとは言われていないので、できれば真珠には、このまま角のことは忘れていてもらいたかった。

どこを歩いても道行く人々の視線を感じながら、幾つかの通りを渡る。

「いまのが三条大路？」

「いえ、押小路ですね。三条大路はこの次です」

「……まっすぐで見通しはいいけど、どこを歩いてるのかわからなくなるな……」

実際のところ、鬼の足なら都の北から南まで、三つ数えるうちには縦断できるだろう。それなら姿を見られる間もなく、一陣の風が吹いたとしか思われないはずだが、人の足は歩みが遅く、いささかもどかしかった。以前牛車に乗ったときには、こちらの姿は外から見えないので気楽ではあったが、揺れがひどく自分には窮屈で、強いてまた乗りたいとも思えないでいる。

一人ならもっと早足で行けるが、岩雄の歩調に合わせているため、瑠璃丸はすれ違う人々の注目をたっぷりとあびて、ようやく見舞いの届け先にたどり着いた。

もともと荷物持ちでついてきただけなので、包みと公貫の文は届ける役目の岩雄に託し、瑠璃丸は門の外で待つことにする。

民部大輔邸はそれなりの門構えの家だが、付近にあるのは古びた小家が多く、どこかで子供たちが遊ぶ声や、何かの作業中か、木を叩くような音が聞こえていた。

そして、煮炊きやら汚水やらの生活臭にまじって、物の怪のにおいもしてくる。

……怪しの道があるのか？

怪しにもいろいろいるが、これはあまり親しみの持てるにおいではない。

あたりを少し歩いて用心深くにおいをたどると、民部大輔邸とは小路を挟んだ反対側の、崩れかけた築地塀の向こうあたりがもとになっているようだった。その周辺も粗末な小家が密集している。

「若君――若君？」

岩雄が呼ぶ声がして、瑠璃丸は急いで民部大輔邸の門前に戻った。

「悪い。ちょっとそのへん歩いてた。――渡せた？」

「はい。用はすみました」

「じゃあ、えーと……あとは市で買い物か。こっちか？」

「そちらの通りから行きましょう」

瑠璃丸は良くない怪しの気配に背を向け、岩雄について歩き出す。

民部大輔邸に怪しの道がかかっているなら、公貫への報告も考えるところだが、少し離れているし、桃殿以外の物の怪までいちいち気にしていたら、きりがない。真珠に害がなければ、関わらなくていいのだ。

……それにしても、都は怪しが多いな。

おそらく暮らす人が多いから、つられて怪しも増えたのだろうが、こうして歩いているだけでも、雑多な怪しのにおいが鼻をかすめる。だいたいは、それほど悪さをしそうな物ではないが。

五条からさらに南へと下り、七条にある東市に入ると、あたりがにぎやかになってきた。人の数は多いが、人々の目は店のほうに向けられているため、こちらへの注目はかえって減ったようだった。

「何を買うんだった？」

「えー、まずは塩ですね。あと干魚と……」

そのとき道の向こうから、人々を押しのけ突き飛ばし、必死の形相で走ってくる男が見えた。その後ろから、よくわからない飾り付きのやけに派手な水干を着た、いかつい男たちと、真っ赤な狩衣姿の男が追ってくる。

「待て、こら――」

「止まれ、おい……！」

どうやら逃げているらしい男の手には、何かの袋が握られていた。麻袋だろうか。追う男たちのほうは、それぞれ棒を持っている。

「なぁ、岩雄さん。あれって……」

「いかん。危ないですよ若君、こっちへ――」

岩雄が慌てて瑠璃丸の腕を取り、道の端に連れていこうとしたが、逃げる男が突進してくるほうが先だった。

「どけっ……」

人を避けるより、まっすぐ突っこんではね飛ばすほうを選んだ男は、そこに立っていた上背のある男の左半身にぶつかって――逆に吹っ飛ばされた。

瑠璃丸は何もしていない。ただ、両足をしっかり踏ん張っていただけだ。

勢いよく地面に転がった男に、追いついた派手な水干の男たちがいっせいに飛びかかる。押さえろ、縛れと怒号が飛び交い、ほどなく逃げていた男はすっかり縛り上げられていた。

それを側で見ていた赤い狩衣の男が、瑠璃丸を振り返る。三十歳ぐらいだろうか。眉間の少し上に目立つ黒子(ほくろ)があり、顔の輪郭も相まって、仏像のような風貌だ。

「あんた、大丈夫だったか。ぶつかって……」

「え？　ああ、別に……」

「――うわ、何だ、でかいな！　あ？　若いのか？」

男は道行く人々をしのぐ遠慮のなさで、瑠璃丸を上から下まで眺め、さらに首から上をじろじろと見て、怪訝な表情をした。おそらく、顔は若いのに頭髪は白いということで年齢が読めず、混乱しているのだろう。だが真面目に年を尋ねているつもりでもないようなので、瑠璃丸は質問をし返した。

「あの男、何なんだ？」

縛られ、派手な水干の男たちに引き立てられている男を目で示すと、赤い狩衣の男は、思い出したように声を上げる。

「ああ、あれか。盗っ人だ」

「盗っ人……」

「まったく逃げ足の速いやつで難儀してたんだが、あんたが止めてくれて助かった」

「……その盗んだものが、手に持ってた袋？」

「の、中身だな。……あ？」

赤い狩衣の男は、ようやく異変に気づいたらしかった。縛られた盗人は、当然いまは何も手にしていない。しかし盗人を縛った者たちは誰も、盗人が持っていた麻袋を手にしていないのだ。

「おい、盗まれたものは回収したか？」

「あれ？　おれ持ってねぇぞ……」

「どっか落ちてるか？」

盗人を捕らえるほうに夢中で、どうやら盗品を取り戻していなかったようだ。派手な水干の男たちが、慌ててあたりを捜すが、それらしきものは落ちていなかった。

ふと瑠璃丸が目を上げると、この騒ぎを見物している人垣から、腕に袋を抱えこんだ男が、小走りで遠ざかろうとしているのが見えた。あの麻袋は。

「あれだ」

瑠璃丸は赤い狩衣の男にひと声かけつつ、人垣をかき分けて地を蹴る。

人の目があるところで鬼の動きをしてはいけない――この十年、桔梗に口酸っぱく言われてきたことだ。だから一歩跳べば楽に追いつける距離をわざわざ走って、袋を抱える男の襟首を掴む。

「おい」

「――ひっ⁉」

「それ、あの盗っ人が持ってた袋じゃないか？」

「うわ、あ、は、離せっ……」

腕をばたつかせて逃げようとする男の襟首を引っぱり続けていると、赤い狩衣の男が追いついてきた。

「あんた、ものすごく足が速いな……あ⁉　それだ、その袋！」

「やっぱり」

「何だおまえ、あいつの仲間か⁉　おーい、こいつも縛れ！　連れていくぞ！」

今度こそ盗まれたものを回収し、赤い狩衣の男が派手な水干の男たちに指示する。

瑠璃丸は二番目の盗人を引き渡して岩雄のもとへ戻ろうとしたが、赤い狩衣の男が前にまわりこんできた。

「いや、助かったよ。ところであんた誰だ？　やけに生っ白(ちろ)いが、貴族様か？」

「……ただの通りすがりだ」

それだけ答え、瑠璃丸は足早にそこを離れる。

誰だと問われて――何と返事をすればいいのか。こういうとき、公貫の名を出して迷惑にならないか、判断がつかなかった。

二人も盗人を捕まえて、それでこれ以上、こちらに構う余裕もなかったのだろう、赤い狩衣の男は、もう追ってはこなかった。

「――それは、看督長(かどのおさ)だな」

帰宅後、瑠璃丸が市での盗人騒ぎのことを話すと、公貫は赤い狩衣の男について、そう言った。

「看督長？」

「検非違使(けびいし)庁の役人だ。放免という手下を従えて、罪人を捕まえる仕事をしている」

「……あの派手な格好の捕り手たちが、放免ですか」

「もとはちょっとした罪を犯したことのある連中だよ。捕まって、許されたあとで、今度は捕まえる側にまわる。悪いことをしてきた連中は、悪いやつの情報に詳しいからね。ちなみにあの派手な格好は、威嚇のためというか、まぁ、あれで虚勢を張っているようなものだ」

言われてみれば、あまり人相のよくない者たちばかりだった。

「看督長は二人いるんだが、さて、どちらだったのか……」

「父上は、刑部卿（ぎょうぶきょう）ですよね。検非違使庁と関わりがあるんですか」

「刑部省は本来、検非違使が捕らえてきた罪人を裁く役目もある。ただ検非違使の長を官位の高い者が兼任しているから、昔のような権限はこちらにはあまりないね。私ももとは皇子だったから刑部卿の任に就いているようなもので、立場はさほどではないよ。もちろん、やるべき仕事はやっているが」

脇息にもたれ、公貫は酒の杯に口をつける。

公貫は三日に一度ぐらいの頻度で酒を飲んでいるが、強いのか、あるいは飲みすぎないようにしているのか、酔ったところは見たことがない。瑠璃丸は酒を勧められることはあっても、真珠の父が魔につけこまれたのは泥酔した結果だと聞いているので、口にしようとはしなかった。

「そろそろ、おまえの任官のことも考えなくてはいけないんだがね」

「任官？」

「私の息子なのだから、いずれは何かしらの官職を得られるはずだ。ただ——」

公貫は杯を持ったまま、庭のほうに目を向けた。もう日が暮れかけていて、あたりは薄暗い。

「……誰にどの官職を与えるか、決めるのは実質、左府殿や信俊だ。真珠の祖父と父におまえの任官を頼んだら、地方に飛ばされかねない」

「地方って、三滝さんみたいな仕事ですか」

鬼の暮らしをしていたころ、人と関わるきっかけになったのが、小野三滝だ。当時近江介だった三滝はその後、紀伊守にも任じられ、いまは木工頭を務めている。

「そう。国司となれば、ひと財産築くにはいい役目だが、四年五年は都に帰れない」

公貫は皮肉っぽい笑みを浮かべ、杯を置いた。

「信俊がおまえを婿にしたくないばかりに、遠国へ追いやることも考えられる。それを思うと、迂闊に任官を頼めなくてね」

「……人の足じゃ帰れないでしょうけど、鬼の足なら、帰ろうと思えば毎日でも都に帰れますよ。ただ、場所によっては、真珠が危ないときに間に合わない」

「左府殿と信俊も、そこをよく考えてくれるといいんだがね」

苦笑しつつ、公貫は提子から酒を注ぐ。そこへ桔梗が、酒の肴を運んできた。

「殿、お待たせしました。いまやっと魚が焼けて……」

「ああ、悪いね。せっかく瑠璃丸が買ってきてくれたというから」

「お酒はまだありますか？　あと――」

配膳の手を止め、桔梗がはっと顔を上げたときには、瑠璃丸はもう立ち上がっていた。そのまま何も言わず庭に飛び降りると、地を蹴って跳躍する。

風を受け、狩衣の袖がばさりと音を立てた。

公貫邸と桃殿のあいだにある小路を一瞬でひとまたぎすると、瑠璃丸は真珠の住む西の対の屋根に降り立つ。

目の前には、いままさに屋根を突き抜けて中にもぐりこもうとする怪しの、獣のような尻尾があった。瑠璃丸はすかさず尻尾を摑むと、屋根に半分埋まっていた怪しを引きずり出す。

正体は、狐に似た尻尾を生やした、子供ぐらいの大きさの老爺だった。

――離せ離せ。鬼が邪魔をするな。

小さな老爺は両手足をばたつかせ、逃れようとしている。

「ここは俺の縄張りだ。おまえこそ出ていけ」

――違う違う。ここには姫の獲物がいる。

「獲物？」

瑠璃丸の目が、ぎらりと青く光る。

――よこせよこせ。姫がお目覚めしたら、獲物をさし上げるのだ。

老爺は幼子のような甲高い声を頭の中に響かせていた。わめくその口からは、長い牙が見えている。

瑠璃丸は尻尾を摑んだまま、老爺を顔の高さまで持ち上げた。

「ここにおまえの『姫の獲物』はいない」

鋭い目でにらまれ、老爺はもがくことはやめないながらも、口は閉じる。

「あれは、俺の獲物だ。二度と近づくな」

低い声でそう宣告し――瑠璃丸は尻尾を振りまわすと、思いきり放り投げた。

老爺の怪しはきいきいと叫びながら、山の彼方（かなた）へ飛んでいく。

「……」

西の対の屋根の上で、瑠璃丸は用心深く、他の怪しの気配を探った。どうやらいまのところは、あの老爺だけだったようだ。

瑠璃丸は軽く息をつき、そのまま屋根に腰を下ろすと、しばし紫色の空を眺める。もう月は昇っており、星も点々と光っていた。

この家を通る怪しの道は高い場所にあるらしく、大抵の物は屋根から邸内へ侵入しようとする。昨夜現れた蜘蛛に似た怪しも、屋根にへばりついていたので蹴散らして追い払った。……まさかそのあと、真珠が外に出てくるとは思わなかったが。

「……獲物、か」

瑠璃丸は西の空に浮かぶ細い月を見て、独り言ちる。

魔にとって真珠は獲物でしかなく、こちらが怪し相手に、あの子は俺の大切な恋人だとか、誰より愛する子だとか言ったところで、話は通じない。感情ではなく所有の問題だからだ。よって手っ取り早くわからせるためには、おまえたちの獲物ではなく俺の獲物だ、という言い方をするしかない。

しかし、それを口にするたびに、腹の内に隠した秘密を自ら暴露しているようで、居心地が悪くなる。

自分は鬼だが、生まれつき人は食えない。だから人を獲物にしたことはないし、これからもするつもりはない。ないのに、真珠だけ――真珠だけは、時折、食べてみたいような衝動に駆られるのだ。

たぶん、人の中の誰とも違ういいにおいがして、触れる頬が、唇が、とても甘くて

——だから、もしかしたら真珠だけは食えるのではないかと、食ったらどんな御馳走より美味いのではないかと、そんなことを考えてしまう。

それはまさに「獲物」だ。

愛しているのに、獲物にしたい。だが、こんなことを考えているうちは、まだまだ鬼だ。結婚を先延ばしにされても仕方ない気もする。

せめて獲物と言葉にしなくてすむように、魔の姫とやらを早くやっつけてしまいたいものだが、怪しどもがたびたび口にするには、どうも魔の姫は、いま「眠っている」らしい。

下っ端の怪しぐらいは、こうしていくらでも追い払える。本当に気をつけなければいけないのは、その魔の姫が目覚めたときだ。それがいつになるのかわからないが。

……今日のところは大丈夫そうだな。

近くに怪しの気配はない。瑠璃丸は立ち上がり、ひとつ伸びをした。

「さて。……帰るか」

昨夜は思いがけず真珠に逢えたが、そんなに都合のいい偶然は、そうそうあるもの

ではない。怪しの侵入を事前に阻止し、真珠の平穏な日常を守れたのだから、今日はそれで充分だ。

瑠璃丸は屋根を蹴り、軽やかに跳んで、公貫邸の庭に着地する。

「――あ、帰ってきた」

御簾の隙間から、桔梗が外を覗いていた。

「早く入りなさいよ。もう夕餉だから」

「わかった」

もはや姉も、いちいち怪しを追い払えたのかなど確かめない。

階を上がって部屋に戻ると、公貫はまだ杯を傾けていた。

「今日はどんな怪しだった？」

公貫も、いつもこれしか訊かない。

「獣の尻尾が生えた小さい爺さんでした。声は三つ四つの子供みたいでしたけど」

「相変わらず、おかしな怪しばかりだねぇ。ははは……」

まるで楽しんでいるかのように、公貫が笑う。瑠璃丸も、それでようやく肩の力を抜いた。

普段の生活をしながら、物の怪が出たら追い払い、また生活に戻る。それが瑠璃丸にとっての日常だった。

「姫様、殿がお見えだそうですよ」

女房たちが釣燈籠（つりどうろう）や燈台に火を点したり、格子を下ろしたりと慌ただしくしている夕暮れどき、笹葉が足早に近づいてきて、真珠にそう告げた。

女童（おんなわらわ）と一緒に、西の対で飼っている猫たちに鞠（まり）を投げて遊ばせていた真珠は、微かに眉根を寄せる。

「お父様が？　こんな時刻に？」

「先ほどお帰りになったばかりみたいなんですけど……あ」

そう話している間に、直衣（のうし）姿の父、信俊が、やけに上機嫌で部屋に入ってきた。

「やぁ、真珠、元気にしているかね？　実は今日……」

「殿——殿、お待ちくださいませ」

信俊は真珠の前に現れるなり、茵も円座も待たず腰を下ろして話し始める。それを寝殿のほうから、周防が急ぎ足で追ってきた。

「殿、琴宮様が、お戻りくださいと申されております」

「話がすんだらすぐ戻る。黙っていろ。――真珠、おまえはやはり入内しなさい」

燈台に油を足していた女房、几帳の位置を動かしていた女房、猫の餌の支度をしていた女房――皆がいっせいに振り返る。

真珠は眉ひとつ動かさず、冷静に父を見た。

「入内はいたしません。何ですか、いきなり」

「そう言うな。今日は、主上にお目にかかる機会があったのだがな、主上はおまえのことを憶えておいでだったのだ。以前話していた、一番に入内するはずだった姫君は、どうしているのかと」

信俊は両手を大きく広げ、興奮気味に話し続ける。

「主上はおまえのことを気にかけ、わざわざ私にそれを伝えてくださったのだ。この主上のお気持ちを無下にしていいはずがない。そうだろう？」

「……」

だが、同意を求めて身を乗り出した信俊は、娘のしらけきった表情を目の当たりにすることになった。

「ま、真珠？」

「お父様、幾つか確認させていただきたいのですが」

「何だ？」

「主上はどのような状況で、わたくしのことを話題にされたのです？」

「状況？　それは、今日、政のことで主上にお目通りして、ひととおり報告がすんだあとで」

「急にわたくしの話をされました？」

「いや、急……というわけでは、なく……」

信俊の前のめりだった姿勢が、徐々にもとへ戻っていく。

「……たしか、弘徽殿のことを話していたのだ。そう、主上は近ごろ、梅壺や承香殿にばかり顔を出しておられるのでな。主上には、まず弘徽殿を第一に考えていただかねばならない。それで、いろいろ申し上げていたら――」

「主上が、わたくしのことを？」

「そうだ！　そうなのだ」

「では、話題を変えたかっただけでしょうね」

再び前のめりになりかけていた父を、真珠は素っ気なくさえぎった。

「梅壺の女御も承香殿の女御も、最近入内されたばかりでしたね。おそらく主上は、まだ後宮に不慣れな女御たちを、気にかけてあげなくてはとお思いになって、まめに通われていらしたのでございましょう。それをお父様にやいやい言われて、きっと、うんざりされたのでしょうね」

「そ、そんな……」

「どうせお父様に、どの女御も大切にしなくてはならないなんて諭しても、通じないと思われて、どうでもいいわたくしのことを出されたのですわ。お父様は、主上にはいつも娘の話ばかりでしょう。他に変えられる話題もなかったのでは？」

「……」

信俊は大きく目を見開いて、絶句している。真珠は冷ややかな眼差しのまま、なおも言った。

「お父様、昔から何かにつけて、主上にわたくしのことをお話しされていらしたのですよね？　いずれ入内させる娘に関心を持っていただこうとして、東宮になられてから、ずっと。それがいつのまにか、長女ではなく次女の話に変わって、実際に妃になったのも次女で、では最初に話題にしていた長女はいったい何だったのかと、主上が不思議に思われてもおかしくありませんわね」

「……」

「それで？　わたくしの話が出て、お父様は何てお答えになりましたの？」

「……お望みでしたら、すぐにでも入内させますと……」

「主上のお返事は？」

「物の怪で苦労しているのは聞いている、よくいたわってやりなさい、と……」

「まぁ、何て慈悲深いお言葉でしょう。――ねぇ、笹葉？」

真珠がわざとらしい声を上げ、控えていた乳姉妹を振り向くと、笹葉も微妙な表情でうなずく。

「ありがたいことですけど、姫様の物の怪のこと、主上まで御存じなんですね」

「あら、そういえばそうね。それじゃ主上は、お父様がわたくしの話をしなくなった理由も、わたくしがどうして入内しないのかも、とっくにわかっていらしたのね」

信俊はさっきの興奮が嘘のように、黙りこんでしまった。

真珠は、傍らで天井に向かってしきりに前足を伸ばしている猫の背を撫でてやる。

「……きっと、わたくしが思っている以上に、左府の孫娘は物の怪憑きだと、世間に知れ渡っているのでしょうね。おじい様やお父様に遠慮して、表では話題にしていないだけで……」

裏ではどんな噂になっていることか――桃殿に守られているうちは、決して自分の耳には入ってこないのだろうが。

どうやら父は冷静さを取り戻し、きちんと会話を最後まで思い出せば、帝が物の怪憑きの娘の入内を望んでなどいないことを理解できたようだった。

真珠は猫から手を離すと、あらためて父の顔を見た。

「お父様。わたくしは、瑠璃丸……いえ、源直貫様の許婚でございます」

「……」

「わたくし、もう十八になりました。いったいいつまで、直貫様をお待たせしなければならないのですか」

落ち着いて、しかし強い口調で真珠が問うと、信俊はぐっと表情をゆがめた。

「物の怪のせいだ」

「お父様」

「おまえに憑いた物の怪が、それを言わせているのだ。そうでなければ、私の娘が鬼との結婚など望むはずがない」

「お父――」

「物の怪が消えれば、おまえはもとどおりになる。それまで裳着はしない。結婚などもってのほかだ」

吐き捨てるようにそう告げると、信俊は立ち上がり、足音荒く部屋を出ていった。あとに残った周防は気まずげに一礼し、また信俊を追って寝殿に戻る。

真珠は一度、大きく息をついた。

「……笹葉、夕餉にしてくれる？」

「あ、はい。——ちょっと、何ぼんやりしてるの。夕餉の支度、手伝って」

笹葉は少し離れたところで、ぽかんと口を開けて天井を見上げていた女童に声をかける。女童は、はい、と返事をしつつ、しきりに天井を気にしていた。

「あの、あの……」

「ほらほら、その鞠、片付けて。あ、そこの円座もよけておいて」

笹葉に急き立てられて、女童はとうとう、伝えそびれた。——真珠が信俊に反論しているあいだ、子供の体に老人の顔をした、妙な物が天井からぶら下がり、何かに引っぱり上げられるように、また天井に消えていったのを見た、ということを。

琴宮が周防を連れて西の対を訪ねてきたのは、翌日のことだった。

「周防から聞いたのよ、昨日のこと。ごめんなさいね、殿を止めきれなくて」

「お母様が謝られることではないのに……」

真珠は苦笑して首を横に振ったが、琴宮は深くため息をつく。

「今度入内した梅壺の女御、あなたと同じ十八歳なの。弘徽殿はまだ十四でしょう。殿は、梅壺の女御が先に皇子を産むのではないかと、気が気でないみたいで」

たしか梅壺の女御は、右大臣の娘だ。右大臣家ももとをたどればこちらと親戚なので、いまのところ仲俊や信俊と不仲なわけではないらしいが、今後何かのきっかけで政敵になることは、充分あるという。

「……やっぱり大変ね。宮中に上がるって……」

「あなたを入内させたりはしないから、安心なさい。次に入内するとしたら、四条の女の娘よ。四条の女は一昨年(おととし)亡くなったけれど、その父親はまだ存命だし、大膳大夫だから、身分は低くないでしょう」

相変わらず母は、父が他所に囲った女たちのことも、すべて把握しているようだ。

「でも、わたくし、まだ裳着の式はしてもらえないみたい」

「裳着なら私が執り行ってもいいのだけれど、そこまでしてしまうと、殿がますます意固地になりそうだし……」

困った顔をしつつ琴宮は、でも——と言った。

「それはそれとして、瑠璃丸と結婚なさいな。私は認めているから」

「……お母様が許してくださっても、瑠璃丸が気にしているのよ。あれでいて真面目だから……」

「そうね。鬼と聞くと、まず恐ろしいと思われるけれど……たしかに恐ろしいこともあるけれど、案外素直だったり、律儀だったり……」

琴宮はどこか遠い目をして、ふっと微苦笑を浮かべる。その言葉と表情に、真珠は首を傾げた。

「お母様——それは、どこの鬼のことです?」

「え?」

「だって、瑠璃丸だけのことを言ったようには聞こえなかったですもの。他に知っている鬼がいるみたい……」

真珠が言うと、琴宮は少し視線をさまよわせ、そして下を向く。

「……知っているといえば、知っているのかしらね」

手にしている檜扇(ひおうぎ)を見つめながら、琴宮はつぶやいた。だが、それはとても小さな声で、真珠が訊き返そうとすると、琴宮は顔を上げて周防を振り返った。

「周防は、あのころもう弘徽殿にいた？」

「おりました。まだ若かったですので、少々恐ろしく思っておりましたね」

「えっ、怖い話なんですか？」

真珠の横にいた笹葉が、腰を浮かせかける。

「ええ。恐ろしい――だから、内密にされた話」

琴宮はおびえる笹葉に、くすりと笑った。

「……私、子供のころに一度、鬼に会っているのよ。兄上と一緒に、宮中で」

「え……」

真珠は思わず、笹葉と顔を見合わせる。少し離れたところに控えている女房たちにも話は聞こえているようで、互いに肩を寄せ合い、何かひそひそとささやいていた。

「宮中にも、鬼が出るの？」

「怪しの物は、どこにでもいるのでしょうね。あまり人けのない役所の建物などで、ずいぶん物騒なこともあったと聞いているわ」

「どんな……あっ、いいです。やっぱりいいです」

笹葉が慌てて両手を振る。肝が据わってきたとはいえ、そもそも怖い話は好まない質なのだ。琴宮はまた小さく笑って、うなずいた。

「私も子供のころに聞いて怖かったから、あまり口にしたくはないわね。……とにかく、宮中も例外ではないわ」

話しながら、琴宮はゆっくりと檜扇を開く。扇に描かれていたのは、いまの時季には少し早い桜だった。

「……真珠は、私のもう一人の兄のこと、誰かから聞いたことがある？」

「元服前に亡くなられたという一の宮様のことなら、昔、おじ様から少し……」

先々代の帝には九人の皇子と五人の皇女がおり、公貫と琴宮は第八皇子、第四皇女として生まれ、宮中で育っている。二人の母親は当時の弘徽殿の女御で、東宮妃から女御になった人であり、二人の前に第一皇子も生んでいた。

弘徽殿の女御は大臣家の姫君であり、その女御が生んだ第一皇子となれば、いずれは御位を継ぐはずであったが、いよいよ元服して立太子という前年、急な病で早世してしまったのだという。

悪いことに、弘徽殿の女御はその少し前に実家を継ぐべき弟を、落馬事故で亡くしていた。そのうえ女御の父親が、跡取り息子といずれ帝となるはずだった孫を、短いあいだに失ったことで意気消沈し、半年も経たずに病死してしまった。

弘徽殿の女御はあっというまに長子と実家の後ろ盾を失い、そうなると宮中での立場も急落して、以後は帝の代替わりにより後宮を去る日まで、ひっそりと暮らしていたと——公貫からは、そう聞かされていた。

ちなみに第一皇子が亡くなったことにより、次に東宮候補となったのが、当時の麗景殿の女御が生んだ第二皇子だったが、そちらも何か不都合があったとかで、結局、また別の女御が生んだ第三皇子が東宮に決まったという。その第三皇子の母親である藤壺の女御が仲俊の姉だったため、それを出世の足掛かりとして、仲俊は大臣にまでなったのだそうだ。

何がどこに影響するかわからないものだが、琴宮がいまも宮中にいい思い出がないと言うほどに、当時の弘徽殿が後宮の中で埋もれた存在になってしまったのは、間違いなく第一皇子の急死が原因だろう。

「一の宮が亡くなったのは十一歳のときで——そのとき八の宮の兄は七つ、私は五つだったのだけれど……」

琴宮は、広げた扇をまたすぐに閉じる。

「私たちは、急な病と聞いたわ。亡くなった一の宮の顔は見ていない。見せてはもらえなかった。でも、察しはついたわ。何か尋常ではないことが起きて、それで一の宮が亡くなったのだと」

「病ではなく……」

「ええ。……一の宮はね、鬼の手にかかったのよ」

「えっ――」

大きな声を出しそうになって、真珠は袖で口を押さえた。

白銀の一家の人当たりがいいので忘れそうになるが、鬼は本来、人を食らう恐ろしい存在だ。しかし、宮中にいて鬼の手にかかるとは、どういうことか。

すると琴宮は、少し目を伏せた。

「鬼の手にかかったと――初めはそう聞いたわ。でも、本当は違ったの」

「鬼ではなかったの？」

「少なくとも、目に見える鬼ではなかったみたい」

琴宮は小さく息を吐き、それから話を続ける。

「あれは、年の暮れだったわ。倒れている一の宮が見つかったのは、弘徽殿の細殿(ほそどの)で……すぐに医師が呼ばれたけれど、もう手遅れで……あとで兄上が、女房たちが話していたことをこっそり聞いて、私にも教えてくれたわ。医師が言うには、一の宮は、体中の血を吸われていたのですって。こんなこと人にはできないから、きっと鬼の仕業だろうと……」

笹葉の喉から、ひっ、と声が漏れた。真珠も口を押さえたまま、息をのむ。

「私も兄上も、やさしい一の宮が大好きだったから、悲しくて悔しくて……兄上は、どうにかしてその鬼を捕らえてこらしめてやると、いつも言っていたわ」

「見つかったの？　その鬼……」

「ええ」

思いのほかあっさりとした返事に、真珠は目を瞬かせた。琴宮は苦笑しつつ、傍らにあった脇息を引き寄せる。

「鬼の耳に届いたみたいね、こらしめてやると、兄上がずっと言っていたのが……。一の宮が亡くなって、ふた月ほど経ったころだったかしら」

ある春の日の宵、一の宮が倒れていたという細殿と呼ばれる弘徽殿の西廂に、兄妹二人で座って一の宮のことを話していると、いつのまにかすぐそこに、獣の皮を身にまとった大男が立っていたのだという。

日暮れ直後の薄闇の中、それでも大男の額に生えた白く大きな一本角ははっきりと見え、大男が鬼だということは、すぐに察せられた。

――おぬしか。いつもわしをこらしめてやると息巻いておるのは。

鬼は赤い目で兄妹をにらみつけながら、そう言った。

「恐ろしい形相だったけれど……子供すぎたのかしら、私はそのとき、怖いとは思わなかったわ。ただ、本当に鬼が現れたことに、驚きはしたけれど」

「おじ様も？」

「ええ。兄上は気丈だったわ。私を背にかばって、兄の血を吸って殺(あや)めたのはおまえか、と訊き返したわ」

すると今度は、鬼のほうが驚いた様子だったという。

――あれには弟がいたのか。なるほど、それでわしを仇(かたき)と思い、こらしめてやると言っていたのか。

よく考えれば、そのとき鬼は、殺めたとも殺めていないとも答えていない。しかしその返事こそ一の宮を殺したと白状したのだと思った公貫は、かっとなって立ち上がり、果敢にも鬼につかみかかった。だが、大男と子供である。ちょっと片手を振っただけの鬼に、公貫はあっさりと弾(はじ)き飛ばされてしまった。

――小童(こわっぱ)がわしをこらしめようなどと、千年早い。あきらめろ。あれは性根の悪いやつだから、ああなったのだ。

「性根の悪いやつだから。……鬼はたしかに、そう言ったわ」

琴宮は少し険しい表情で、脇息に片肘を置く。

「一の宮は、誰に対しても情け深い人だった。それなのに、何故そんなことを言われなくてはならないのかと……今度は私が怒ってね、兄様はやさしい人だ、おまえが兄様の何を知っているのかと、思わず食ってかかってしまったの」

「お母様、まだ五つのころでしょう？」

「そのときは、もう六つになっていたわね。でも、子供よ。……そうしたらあの鬼、嘘のようにうろたえてしまって」

そこで鬼が語ったのは、自分は直接手を下してはいない、そして性根の話は、とある女人から聞いたのだ——ということだった。

その一本角の鬼は、都の北の山中を住まいとしていたが、ある夜、若い女人がただ一人、その山にある荒れた古寺にいるのを見つけたのだそうだ。

「鬼はその女人が、とても熱心に祈っていたと言っていたわ。……もっとも、その女人がどんなことをしていたのか尋ねたら、それはどう考えても、誰かを呪詛していたところだったとしか、思えないのだけれど……」

鬼は呪詛の方法など知らず、ただ女人があまりにも真剣だったので、ちょうどそのときは空腹ではなかったこともあり、女人を取って食らうのはやめて、闇にまぎれて姿を隠し、話を聞いてみることにしたのだという。

女人は闇の中の声を、神仏か何かと勘違いしたようで、自らの願いを喋り出した。この曰く、自分は宮中におり、二の宮の乳母として麗景殿の女御に仕えております。あんなに二の宮を、弘徽殿の女御が生んだ一の宮が、たいそういじめて困るのです。あんなに性根の悪い子供はおりません。次の年が明けて、一の宮が元服したら、もっとひどいことになってしまいます。二の宮はいずれ、一の宮に殺されてしまうでしょう――

「……たしかにそのころ、後宮の雰囲気はとても刺々しかった。幼い私にも、それははっきり感じられたわ」

琴宮は、深いため息をつく。

「父には政敵がいて、そちら側は麗景殿の女御が生んだ二の宮を、東宮にしたがっていたの。後宮の中でも弘徽殿と麗景殿が何となく対立していて……でも、対立があるからといって、もちろん一の宮が二の宮をいじめたりしないし、それどころか、普段顔を合わせる機会もないし、直接言葉を交わしたことさえ、あったかどうか」

「元服したら、一の宮様が二の宮様を殺めるなんて、おかしな話だわ。そんなこと、ありえないでしょう？」

「ありえないわね。むしろ呪詛して一の宮を害そうとしていたのは、二の宮の乳母のほうですもの。それが思いがけず呪詛の最中に神仏の声が聞こえて、後ろめたくて、まったく逆のことを言ったのでしょうね。自分は悪くない、悪いのは一の宮だと」

まったくのでたらめだったが、あまりに真に迫っていたのだろう。一本角の鬼は、それを信じて乳母にすっかり同情し、闇の中、おまえの願いはきっと聞き届けられるだろう――と告げてしまったのだという。

だが、乳母のそれは祈りではなく、間違いなく呪詛である。

鬼の獲物になってもおかしくなかったものを、それどころか呪詛を成功させて意気揚々と宮中へ戻った二の宮の乳母は、実は道中、山ほどの物の怪を引きつれていた。

それは一本角の鬼が、願いはきっと聞き届けられると言葉にしてしまったことで、はからずも呪詛の後押しをしたことになり、道々にうごめく悪い怪しの物たちを呼び寄せてしまった結果だった。

次の日の夜、鬼は宮中に様子を見にいき――そこで、乳母が連れてきた多くの怪しの物が、一の宮をとり殺すところを目の当たりにした。

「……そのときは、性根の悪いやつだから仕方ないと思ったのですって。助けようとすれば、できないことはなかったけれど、何もしなかったと……」

二の宮の乳母の言葉を信じきっていた鬼は、しかし、公貫と琴宮に後宮内の事情や政争、一の宮の人となりを聞かされ、自分が乳母に騙されていたことを知った。

鬼は兄妹に何度もわびて、この落とし前は必ずつけると怒りの形相で告げ、その足で麗景殿へと飛んでいった。

それから数日のうちに、後宮内に噂が流れた。鬼が麗景殿に現れ、二の宮の乳母を連れ去った――と。

そして目の前で乳母を鬼にさらわれた二の宮は、恐怖のあまり麗景殿にいられなくなり、生母の実家に下がったまま戻ろうとしない、とも。

それきり二の宮の乳母は行方知れずとなり、宮中に戻らない二の宮が東宮になることもなかったが、一の宮を失った弘徽殿に明るさが戻ることはなく、二の宮の乳母の噂が忘れ去られていくとともに、弘徽殿の存在感も薄れていったのだった。

「……その、一本角の鬼は……いま、どこに？」

「さぁ、どこにいるのかしら。あれから一度も会っていないわ。たぶん、兄上も」

母が六つのころに会ったというなら、三十年前だ。いまも都の北の山の中にいるのだろうか。

真珠がそんなことを考えていると、琴宮は、ふと寂しげな笑みを浮かべた。

「でも、それでいいのよ。たしかに落とし前はつけてくれたのでしょうけど、あの鬼が、呪詛の手助けをしてしまったことに、変わりはないもの」

「恨んでいるの？」

「いいえ」

　意外にも、琴宮は強い口調で否定した。

「あの鬼はただ、二の宮の乳母の話を信じただけ。片方の話を鵜呑みにしたのは迂闊だけれど、根がまっすぐだから、同情したのでしょう。……だからこそ、自らの過ちを、とても重く思っているはずよ」

　脇息から身を起こし、琴宮は背筋を伸ばす。

「古寺まで出向いて呪詛をしたのは二の宮の乳母だけれど、それ以前にも、いろいろあったのよ。――ねぇ、周防？」

　琴宮は、それまで後ろに控えていた周防を振り返った。

「さようでございますね。子供じみた嫌がらせもありましたが、新しく入った女房が、実は麗景殿と内通していたときは、一の宮様だけでなく、八の宮様の御身も危うくなるかと……」

「そういうこともあったわね」

「二の宮様の乳母が行方知れずとなってからは、そのようなこともなくなりました。

片や藤壺の方々には、三の宮様が東宮になられてからも、何かとお気遣いいただきましたが」

「そうね。だから私も藤壺の女御様の甥御ならと、殿に嫁ぐことを決めたわ」

少し目を細め、それから琴宮は真顔になった。

「私はね、人の話を信じて同情した鬼よりも、自分たちを利するためなら何でもする人々のほうが、怖かったのよ。……いまでもそうなのだと思うわ」

だから母は鬼を恐れず、鬼を婿にすることにも同意したのだ。

鬼に恋をした自分が言うことではないかもしれないが、母も伯父も、これほど鬼と関わることをよくためらわなかったものだと、思ってはいたのだ。

「一の宮のことも二の宮の乳母のことも、後宮の外には詳しい事情が伏せられたわ。だからこれは、いまも内密の話。……三十年経って、もう話題にする人もいないでしょうけれど、一応ね」

「……はい」

真珠はうなずき、青い顔で話を聞いていた笹葉も、慌てて何度も首を縦に振る。

琴宮も、ようやく穏やかな表情に戻った。

「とにかく、殿にはあまり、入内だの皇子だのと騒がないでほしいものね。――また宮中に物の怪が集まるようなことになったら、大変だもの」

日没が近づくころ、真珠は西の対の廂に出て外を眺めていた。どこからでも見える敷地内を囲む桃の木々は、次第に開く花の数を増やしている。菫(すみれ)の花も、ぽつぽつと咲き始めていた。

「――何しておいでなんです？　姫様」

真珠が廂に出ていることに気づいた笹葉が、壁代を持ち上げ、声をかける。

「何も。……ちょっと瑠璃丸に逢いたくなって」

「でも、そろそろこの格子、閉めますよ」

「そうね。……それじゃ、閉めるのは少し待ってね」

「結局呼ぶんじゃないですか……」

苦笑して、笹葉は奥に引っこんだ。

真珠は廂の端まで歩き、外に向かって呼びかける。

「瑠璃丸。……瑠璃丸、いま、逢える……？」

すると一瞬、強く風が吹いて御簾が揺れ、目の前の簀子に人影が現れた。

早蕨の重ねの狩衣を着た瑠璃丸が、注意深くあたりを見まわしている。

「どうした？　怪しの気配はないけど……」

「ごめんなさい。ただ逢いたくなっただけなの。……忙しかった？」

真珠が謝ると、御簾の向こうの瑠璃丸は、ふっと表情を緩めた。

「いや、忙しくない。最近は前ほど一日中勉強してないし」

「そう？　……それなら、もうちょっと近くに」

真珠が手を差し伸べると、瑠璃丸は少し躊躇する素振りを見せ、だが、御簾をかき分けて廂に入ってくる。

真珠は瑠璃丸の胸に飛びついて、小さく笑った。

「嬉しい。来てくれて……」

「別に、いつでも来るよ。……何かあったのか？」

「え？」

「いつでも来るけど、こんな時刻に呼ばれるのは珍しい」

「……」

顔を上げ、真珠は紺瑠璃の瞳を見つめる。

「瑠璃丸は――もし、わたくしが瑠璃丸にひどいことをしたら、どうするの？」

「……は？」

「怒る？　怒って、食べる？」

「話が唐突だぞ。何だよ、ひどいことって」

「たとえばの話よ。何でもいいから」

「ひどいことをするつもりがあるのか？」

「ないわ。だから、もしもよ」

「……ないのに、何で訊くんだ……」

困惑している瑠璃丸の胸を、真珠は軽く叩いた。

「ねぇ、座って。あなた背が高すぎて、見上げるのが大変なの」

瑠璃丸は真珠を片腕で支えて、その場に腰を下ろす。真珠は瑠璃丸の膝の上に座る格好になった。

「これでいいか？　お姫さん」

「いいわ」

真珠は瑠璃丸の首に腕をまわし、耳の下に鼻先を押しあてる。

「……今日、お母様から、昔会った鬼の話を聞いたの」

「一本角のやつのことか？」

「知っているの？」

「前に父上から聞いた。父上の兄さんが女に呪詛されて、物の怪のせいで亡くなった話だろ」

「……騙されたら、鬼も人も怒るわよね」

「それで？　ひどいことをしたらどうするかって？」

瑠璃丸は真珠の背を、包むように抱きしめた。

「別に、真珠は俺を騙さないだろ」

「……あなたを婿にするって言いながら、まだできていないわ」

意図して騙しているわけではないが、いつまで経っても約束を果たせずにいるままだという点では、似たようなものではないかという気がしてくるのだ。

すると瑠璃丸は、やおら真珠の耳たぶに歯を立てた。

「きゃ……」

「痛いだろ。食われたくなかったら、あんまり的外れなこと言うな」

「的外れって……」

真珠が口を尖らせて瑠璃丸を見ると、瑠璃丸は呆れたような顔をしている。

「結婚する気がなくなったっていうなら、騙されたとも言うけどな。そうじゃないんだから、騙すの何のって、的外れだろ」

「……」

「だいたいその理屈で言うなら、俺が怒るのは真珠の父上にで、真珠じゃない。けど真珠の父上だって、最初っから俺を婿にするのを嫌がってるんだから、何も変わってない。いまさら怒ることもない。……第一、ただでさえ食えないものを無理に食おうったって、おまえの父上が美味いはずないだろ」

「……お父様、不味いかしら」

「絶対不味い。他の鬼にも俺は勧めない」

「ふ……」

真珠が吹き出すと、瑠璃丸も口の端を引き上げて、真珠の頭を撫でた。

「そんなこと気にしてないで、今度からは、呼ぶならもっと早い時刻か遅い時刻にしてくれ。こっちだって、そろそろ飯時だろ」

「遅くてもいいの？」

「……早いほうがいいんだろうな」

「わたくしは遅いほうがいいわ」

瑠璃丸が、再び困惑の表情になる。

真珠は瑠璃丸の首にまわした腕に、力をこめた。

「どっちでもいいの。……ときどきは、わたくしが呼ばなくても逢いにきて。いい？」

「……わかった」

うなずいて、瑠璃丸は真珠の頰に口づける。真珠は唇をほころばせて目を閉じた。

# 第三章　源直貫、鬼退治に駆り出されること

次に入内するとしたら、信俊が通っていた、亡き四条の女が生んだ娘だろうと——

真珠が母から聞かされたのは、ほんの数日前のことだ。

「……その姫君の入内が、本当に決まったようでして」

西の対にそれを報告にきた周防は、苦々しい顔をしていた。

「あら、ずいぶん早いのね。大膳大夫の孫だという姫君よね？」

「さようでございます。何でも女御として入内する予定だとか……」

「そうなの。よかったわね」

「よくはございません」

周防の眉間に、くっきりと皺が刻まれる。

「皇女のお母君がおいでの乙姫様と、五位の大夫の孫娘が同じ女御などと……せめて尚侍（ないしのかみ）にでもなされればよいものを」

「母親の出自がどうあれ、どちらも左府の孫娘だから、ということでしょう？」

皇子誕生を期待しての入内なのだから、女御にしておくほうがいいという、祖父と父の判断なのだろう。

「もちろん、そういうお考えで女御にお決めになったのでしょうが……そのために件の姫君を、一度こちらに引き取り、日を選んで桃殿から宮中へ向かわせるおつもりのようでして」

「女御としてなら、そのほうがいいでしょうね」

左大臣と大納言が暮らす家から入内させることで、その姫君が間違いなく左大臣の血筋だと示し、後宮においても弘徽殿の女御に次ぐ立場になると、世間に知らしめるための措置だ。

「問題は、入内までの住まいなのです。殿は、この西の対に置きたいと……」

「えっ？　ここ？」

それは予想外だった。近くで話を聞いていた女房たちも、非難めいた声を上げる。

「どうして？　寝殿でいいでしょうに」

東の対は元服済みの弟が使っているので、そこに異母妹とはいえ若い姫君を置くのは論外だが、寝殿なら父親がおり、弟たちもまだ子供だ。

「それが……当の姫君が、琴宮様と同じ場所では畏れ多いと」

「……まぁ、そうかもしれないわね」

要するに、気づまりだから嫌だということだろう。しかも周防でさえ難色を示しているのだから、女御としての入内を快く思っていない女房は、他にもいるはずだ。

「それなら北の対……あ、いまは駄目だったわね」

寝殿の北側に位置する北の対は、以前は仲俊の妻が住んでいたが、仲俊の妻が出家してから後は、仲俊が使っている。だが近ごろは仲俊がたびたび他所の女人のところに泊まるようになっていたため、このうちに傷んだところを修繕しようと、匠（たくみ）が入っているのだ。

「はい。間の悪いことでして……」

「仕方ないわね。それじゃ、ここに――」

「あの、ちょっと、ちょっと待ってくださいよ」

笹葉が他の女房たちとともに、慌てて身を乗り出してきた。

「琴宮様と同じお住まいが畏れ多いって、姫様は畏れ多くないっていうんですか？」

「北の対でいいじゃないですか」

「そうですよ、屋根がないわけでなし……」

「修繕してない、隅のほうにいればいいじゃないですか」

笹葉と女房たちが口々に抗議し、内心では同意見だったのか、周防までもがうなずいている。しかし真珠は、両手を振って女房たちをなだめた。

「みんな、落ち着いて……。入内までの少しのあいだでしょう？　それくらい、いいじゃないの」

「それなら入内のときに一度ここへ寄って、それから宮中へ行けばいいんですよ。何も、ここで暮らさなくても」

笹葉の言葉に他の女房たちも、そうですそうですと声を上げる。真珠は軽く息をついた。

「そんなに邪険にしなくてもいいじゃない。一応わたくしの妹でもあるのだし……」

「その姫君がいたら、直貫さんを呼べませんよ」

「……」

思わず黙ってしまった。

たしかに、親しくもない他所の若い娘がいるときに、瑠璃丸を呼びたくはない。別に瑠璃丸が他の女に目移りするとは思わないが、その姫君が瑠璃丸を見て、恋をしないとも限らない。

とはいえ、たかだか入内までの短いあいだ、あちこち隙間のある北の対で暮らせというのも、意地が悪くないか。

「……瑠璃丸には、事情を伝えておくわ」

真珠はできるだけ平静を装いながら、女房たちに告げた。

「お父様は入内をお急ぎのようだし、長くはここにいないはずよ。でも、一緒に宮中へ上がる女房もいるでしょうから、あまりに人数が多いようなら、女房たちは北の対を使ってもらうようにするわ」

「姫様——」

「少しのあいだよ。実の母君が亡くなったあとの入内では、心細く思っているかもしれないわ。みんな、意地悪は駄目よ」

女房たちはまだ納得がいっていない様子だったが、渋々承諾し真珠に頭を下げる。

周防もあきらめ顔で、いつ姫君が移ってくるのか、人数はどれくらいか、わかり次第知らせると言って、寝殿へ戻っていった。

「姫様、本当にいいんですかぁ？」

文机の用意をしながら、笹葉がまだ不満げに言う。

「あれもこれも、決めたのはお父様とおじい様だもの。その姫君は悪くないわ」

「それはそうですけど……」

「はい、早く文机を持ってきて。そういえば、筆が傷んできているけれど、新しいものはあったかしら」

「あ、はい、いまお持ちします……」

実際に姫君が来たら、女房たちの様子に注意を払わなければならないだろう。真珠はため息をついて文机の前に座り、硯箱(すずりばこ)の蓋を開けた。

真珠が異母妹をあずかる件で気分を重くしていたそのころ、瑠璃丸のほうも、思いがけない来客に途惑っていた。

「いやいや、まさか刑部卿の御子息だったとは。どうりであんな騒ぎにも落ち着いておいでだったはずだ」

赤い狩衣に、額にある仏像のような黒子。公貫が、おそらく検非違使庁の看督長だと教えてくれた——先だって、市で盗人を捕らえた現場にいた男だ。

「……俺、名乗ってなかったはずだけど」

瑠璃丸が警戒心を隠さない表情で赤い狩衣の男をにらむと、男はわざとらしくとぼけてみせた。

「へへ、そりゃ、まぁ、こっちは早耳が命の仕事ですんでね。どんな情報も仕入れておかなきゃ、何がどんな事件につながってるか、わからんもんで」

「……それ、つまり俺が事件に関わりありそうなやつに見えるって意味？」

「え？　いやいやいや、滅相もない」

男は大げさに手を振って否定する。

「私の息子はどういうわけか、このとおり生まれつき髪が白くてね。そのせいで外を歩いているだけで目立ってしまうのは、間違いないが——」

瑠璃丸とともに赤い狩衣の男に相対していた公貫が、口を開いた。

「おまえもなかなか使庁で目立っているようだね、笠是道（かさのこれみち）」

「あれあれ、刑部卿殿のお耳に入るような目立つことをした覚えはないんですがね」

笠是道というらしい男は、また大仰にのけぞってみせる。

公貫は脇息に片肘で頬杖（ほおづえ）をつき、探るような目を是道に向けて言った。

「息子から先だって市での話を聞いたときにね、すぐにわかったよ。赤い狩衣といえば使庁の看督長だが、看督長は二人しかいない。そして額に大きな黒子があるとなれば、それが仏の白毫（びゃくごう）に似ているからと、世間で『仏の是道』と呼ばれている男に違いあるまいと――」

　話を聞き、どちらだったのかと独り言ちていたそのときには、すでに見当はついていたということか。

「へへへ、まぁ、この黒子のおかげで、人から忘れられることは滅多にないですよ」

「そう、『仏の是道』の名とは裏腹に、罪人に容赦ないのはもちろん、放免は叩きのめしてでも従わせ、上にも盾つき、時に命令を無視して独断で捕縛し、勝手に仕置きを行うので、なかなか扱いづらいと有名だ」

「……いやぁ、噂ってのは、とかく話が大きくなりますからね？」

「扱いづらくとも、有能ではあるのだろう。些細（ささい）な情報からでも下手人を捜してくるので、その点では評価が高いとも聞いている」

　公貫は頬杖をやめ、真顔になった。

「――で？　その有能な看督長が、息子に何の用だ？」

「そんなおっかない顔しないでくださいよ。何も御子息を捕まえようってんじゃないんですから……」

　実のところ、真珠との結婚を阻止したい信俊が、とうとう何かの罪をでっち上げるために検非違使を送りこんできたのではないかと、そんなことを考えたのだが。

「では、何を？」

「実はですね、御子息にしばらく、検非違使の仕事を手伝ってもらえないかと」

「……ん？」

　公貫が首を傾げ、瑠璃丸も眉間に皺を刻んだ。是道は揉み手をしつつ、愉快そうな表情で二人の顔を交互に見ている。

「いやね、こちらの御子息、上背はあるし足は速いし、腕っぷしも強そうだ。このあいだ盗っ人を、片手で捕まえたでしょう。こりゃ相当なもんだと思いましてね。で、ぜひとも手助けしていただきたいと」

「捕物の？」

「鬼退治の、です」

「……」

　瑠璃丸と公貫は顔を見合わせた。そして背後に立てた几帳の裏でも、息をのむ気配がする。そこには来客から姿を隠し、桔梗が控えているはずだった。

いったいどういうことなのか。鬼が鬼退治を依頼されるとは。

「これはあんまり外に出せない話でして、検非違使の中でも知らない者がいるぐらいなんですが、ここ二十五年のあいだ、なかなか高貴な身分の女人が、鬼に食われ続けてるんですよ」

「……ずいぶん長いあいだだね」

「まぁ、長いは長いんですが、食われてるのは五年に一度、一人ずつでしてね」

「五年に一度……」

瑠璃丸は片膝を立てて座り直し、立てた膝に腕を乗せ、さりげなく衣の袖で口元を覆う。面に表れそうになる感情は、これで半分隠せるはずだ。

「そうなんですよ。で、その食われてるのが、みんな、どこかしらで血のつながってる女たちでして――」

是道は腕を組み、いかにも困っているふうな調子で話を続ける。

「今年ね、また五年目が来ちまったんですよ。しかも、いつも食われてるのが、だいたいこの時季でして。――つまり、そろそろ誰かが一人、鬼に食われるんです」

「……そういう物騒な事情があることはわかったが、その鬼を退治するために、私の息子に協力させようというのは、どういうことかな。人にはそれぞれ持ち分がある。

その持ち分を超えた、道理に合わないことに息子を協力させるつもりはないよ」

「道理に合わない？」

「鬼退治は、検非違使庁の仕事か？」

公貫の言葉に、是道が初めてひるんだ様子を見せた。

「悪事を働いた人を捕らえ、裁くのが使庁の役目だろう。鬼は人か？　人ならざる物に対処するのは、陰陽寮ではないのかね。陰陽寮の仕事に腕っぷしは関係ない。これは息子が協力する話ではないし、是道、そもそもおまえが出張っていく案件でもない」

「……それを言われちゃ、まぁ、どうしようもないんですがね」

急に歯切れ悪く、是道は頭を掻く。

「実は、陰陽寮じゃあ、そいつを鬼だとは認めてないんですよ」

「認めていない？」

「人か鬼かわからない、って言い方が正しいんでしょうね。だから陰陽寮は、動かないんですよ」

是道は肩をすくめる。

「二十五年のうちに五人が食われてるんですが、毎度、同じことが起きてるんです。二月のある夜、突然家の中に大男が押し入ってくる。けど、明かりが消されちまうんで、姿がよく見えない。その大男は、その場に何人の女がいても、たった一人を見定めてひっ捕まえて、こう言うんだそうです。わしは故あって、五年に一度、さる女の縁者を食うことにしている。今度はおまえの番だ。——で、そのまま女を担いで外に出て、あっというまに行方をくらませちまう」

「……では、食われているのかどうか、わからないのではないかね」

「へへ、ま、実のところ、そうなんですがね」

「相手に誇張した話を聞かせるということは、事実をゆがめた話を聞かせているのと同じだ。信用をなくすぞ」

公實が冷ややかな眼差しと口調で言うと、さすがに是道はちょっと慌てたようで、先ほどよりさらに大きく両手を振った。

「いや、失敬。誇張したつもりはないんですよ。何せ下手人が、食うって言ってますんでね。たしかに本当に食ってるかどうか、見た者はいません。我々もつい、下手人が言ってるとおり、食われてる食われてるって話しちまってました」

早口で言い訳して、是道は軽く頭を下げる。

「人が鬼のふりをして、女をかどわかしてるってことも、充分考えられます。しかし大男を見た者は、あれは鬼に違いない、とても人とは思えないって、口々に言うわけですよ。中には角があるように見えたっていう証言もあったんですが――」

言いながら、是道が頭の上でちょっと指を立て、またすぐに下ろした。

「それでも、はっきり見たっていうんじゃないから、鬼だとも言いきれない。いっそ家の中で食われてくれりゃあ、間違いなく鬼だってわかるんですがね」

ただ女人がかどわかされたという話なら、検非違使の仕事になる。

「別にこっちも、いやそいつは間違いなく鬼だって言い張っちまえば、陰陽寮に押しつけられるんですよ。ただ、今回はその食われそうな女人の中に、別当の娘が入ってまして」

「別当の？　……橘中納言か」

「え。あ――……たしか、前にうちに来たことがある人ですよね、橘中納言」

別当とは検非違使別当――検非違使庁の長官のことで、中納言の職にある者が兼務することが多い。現在の中納言は三人おり、最年長が橘秀房だった。

温和で面倒見がよく、公貫とも交流があり、年に一度はこの家を訪れているため、瑠璃丸も顔を見知っている。

「そういえば橘中納言には長く子がおらず、四十近くなってようやく生まれた一人娘を、たいそう可愛がっておいでだが……まさか、その姫君が？」

「そうなんですよ。いや、他の連中ならいくらえらかろうが放っとくんですが、何せ別当はいい人ですからねぇ。その別当が、大事な一人娘を鬼に食われちまうって泣くもんですから……」

先ほどの公貫の話では、この是道という男、上の者に容易には従わない性分のようだが、橘秀房は例外らしいということが、いかにも参った様子から見てとれた。

「ならば橘中納言の姫君を守るために、使庁に属する者すべてを動員できるのではないかな。私の息子を駆り出すまでもなく……」

「もちろんそうすることになると思うんですが、何せ、どこかしらで血のつながった女人なら、誰でも狙われるんですよ。実際、別当がおろおろ泣いてるのを聞きつけた使庁の上の連中に、うちの殿の娘も危ないいんじゃないかって、主に御注進しちまったやつがいましてね。別当の娘だけですんだものが、そっちにも人を割り振らなきゃいけなくなって」

それで人手が入用になった、というわけか。

「二人でも大変なんで、これ以上うちもうちもって言われちゃあ困る。だからこの件は、できるだけ外には漏らさないようにしてます。だから大臣なんかの耳にも入ってないでしょう。別当も、いま急な病を理由に出仕してませんからね」

「それをうちに話しにきたのか」

「別当に訊いたら、刑部卿に娘はいないっていうんで。あと、調子は軽いが口は堅いから信用できるって」

「……相変わらず正直な方だな」

再び頬杖をつき、公貫はうなるようにつぶやく。

「ただ別当には、刑部省から人を借りられないか、刑部卿に相談したいとしか言ってないんですがね。刑部卿の御子息を借りたいなんて言ったら、絶対怒られるんで」

「……おまえの度胸と図々しさは見事なものだね」

もはや公貫の口調と表情は、感心さえしているようだった。

脇息を片手で叩き、顎を引いて、公貫が是道を見すえる。

「刑部省の人員は出そう。ただし息子の件は即答できない。橘中納言が一人娘を大事に思うように、私にとっても直貫は、ただ一人の息子だからね」

「……ありがとうございます」

是道はこれまでの態度が嘘のように、姿勢を正してきちんと礼をした。

「刑部省の人員、助かります。ただやはり、御子息にもぜひ協力していただきたい。——万一、本当に鬼が現れたときのためにも」

「……あれ、知ってるんじゃないの？　あんたが鬼だって」

是道が帰ったあと、几帳の裏でずっと話を聞いていた桔梗が、いかにも胡散臭そうに、さっきまで是道が座っていたあたりを指さす。

「俺もそんな気がする。ただ、橘中納言は俺のこと、鬼だと思ってないはずだけど」

「ああ、あの人、この子は何の因果か生まれつき髪が白くて、そのせいで親に疎まれ捨てられそうになったので、私が引き取ったんですよーっていう殿の作り話、ちゃんと信じてくれたもんね……」

「――直貫の出自が漏れるとしたら、桃殿の家人のほうからだろうね」

それまで文机に向かって何か書きものをしていた公貫が、筆は止めずに、話に加わってきた。

「あちらは家人の数が多いぶん、統率も難しくなる。話したがる者の口を封じておくのは、難しいことだよ。それでもこの十年、よく情報を管理していると思うが」

「そうですね。一人が外にしゃべるだけで、話は漏れますものね……」

「ただ、笠是道が直貫の出自を把握したからといって、役目柄、他言はしないだろうがね。……それで、どうする？　橘中納言の姫君のために鬼退治をするか？」

「……俺が守るのは、真珠だけですよ」

立てた片膝の上に顎を乗せ、瑠璃丸は仏頂面でつぶやく。

「橘中納言はいい人だと思いますけど、そっち手伝ってる間に真珠が危ない目に遭ったら、本末転倒じゃないですか」

「ごもっとも。では、やはり断るか。そのかわり、刑部省から出せるだけ出すということで、橘中納言には勘弁してもらおう。――さて、誰かいるか。これを届けてもらいたいんだが……」

公貫が文を作っているところに、年かさの女房が一人、入ってきた。

「失礼いたします。若君宛てに、桃殿より文が届きました」

「俺？　桃殿？　真珠から？」

「おそらくは。返事は御不要とのことでございますが」

「恋文？　……っていう感じの文じゃないですね」

年かさの女房からそれを受け取った桔梗が、首を傾げる。たしかに真珠がよく使う色つきの薄様ではなく、普通の陸奥紙(みちのくがみ)だ。

「俺にだろ」

何か面倒ごとでもあったのかと、瑠璃丸は桔梗から引ったくるようにして文を取り上げ、急いで開く。そのあいだに公貫は、年かさの女房に作った文を手渡した。

「ちょうどよかった。光輔がいるだろう。これを官舎へ届けさせてくれ。……しかし真珠からとは、珍しいね。しかも何やら、あらたまって」

「……」

瑠璃丸は、素早く文面に目を走らせる。それはたしかに真珠の手跡で——そして、面倒ごとかと思ったのも、あながち間違いではなかった。

「西の対で、他所の姫君を預かることになったんだそうです」

「他所の？」

読んで構わないという意味で、瑠璃丸は公貫に文を差し出した。公貫は怪訝な顔で受け取り、目を通す。桔梗も遠慮がちに公貫の背後にまわると、屈んで文を覗いた。

「えー……他所の姫君って、妹……」

「妹ではあるが、母親が違って、しかも一度も会ったことがないのなら、他人も同じだね。それにしても、急な入内だ。信俊、そこまで焦ることもないだろうに」

「これじゃ瑠璃丸、当分西の対へ行けないじゃない」

「……行けないな」

せっかく真珠が、呼ばなくても逢いにきてほしいと言ってくれているというのに。

「一応、姫君がいるあいだは、怪しの対応は強めるのね。えーと、弦打の回数を増やして、陰陽師を置いて、それから……？」

「はたして、それで足りるのかな」

公貫は首をひねって、肩越しに桔梗のほうを向く。公貫に見上げられ、桔梗はぱっと頬を赤くして、一歩後ろに引いた。

「あ、えっと……近ごろはちょっとした怪しばかりなので、それくらいしておけば、たぶん……」

「……まぁ、最近は姉さんでも追い払えるぐらいのやつしか出てないなぁ」

赤面している姉を横目に、瑠璃丸は気が抜けたように足を投げ出して、間延びした口調で言った。すると公貫が真珠の文に目を戻し、何か考えこむ。

「父上？」

「……そうか、桔梗にそちらを頼めば……」

「え？」

「桔梗」

今度は体ごと、公貫は桔梗に向き直った。

「すまないが、この入内する姫君が西の対にいるあいだ、桔梗が真珠についていて、怪しを追い払ってやってくれないか」

「え……っと、あたしが、桃殿へ行くんですか？」

「そうだ。そして桔梗が真珠を守っているあいだ――」

公貫は、瑠璃丸を振り返る。

「直貫は検非違使に協力してほしい」

「……ちょっと、父上」

瑠璃丸は険しい顔で、姿勢を正した。

「言いたいことはわかるよ。橘中納言には悪いが、私も真珠のほうが大事だ。そしておまえのことも、同じぐらい大事だ。だから危険な真似（まね）はしなくていい。本当に鬼が出たって、おまえが戦うことはない。――ただ」

公貫はそこで、少し声を落とした。

「……私はさっき笠是道が、角があるように見えたという証言もあると言ったときにした、あの仕種（しぐさ）が気になっているんだ」

「仕種……？」

あのとき是道は、頭上に指を一本、立ててみせた。

片手だけで。

「……一本角……」

それは、公貫と琴宮が幼いころに一度だけ会ったという鬼と同じ、一本角の鬼ではないか。

「同じ鬼とは限らない。しかし、私が昔あの話をしたとき、おまえも桔梗も、一本角の鬼は滅多に見かけないと言っていたね」

「……言った」

「ええ、言いました……」

瑠璃丸と桔梗は、顔を見合わせる。

あれは、たしか三十年前の話だった。今回の件は二十五年前から五年ごとに一人、女人がさらわれるという内容だったが、その二十五年前の五年前が、三十年前だ。

「あの鬼とは別の一本角の鬼なら、それはそれでいい。だが、もし同じ鬼なら……」

「話の通じない鬼ではない、ですものね」

思いつめた表情になっていた公貫に、桔梗がいたわるように笑いかける。

「そういうことなら、その鬼の正体を確かめないといけませんよね。でも、確かめるだけなら、あたしでも……」

「それは駄目だ。捕物は時に命がけになる、危険なものだ。桔梗をそんな場へはやれない」

公貫の叱るような強い語調に、桔梗は目を瞬かせた。瑠璃丸はそんな姉を見て、苦笑する。驚くことでもないだろう。真珠が大事、直貫も大事というのと同じく、桔梗もそれぐらいには大事に思われているのだ。それがどういう意味での大事なのかは、公貫自身にしかわからないが。

「……鬼とか、これまでさらわれた女人とか、もっと詳しいことがわかるといいですけどね」

「笠是道は情報を持っているはずだよ。協力すると言えば、詳細を出すだろう」

利用するのではなく、こちらが利用してやろうと――公貫の表情は、そう言っているようだった。

「悪いが、二人ともよろしく頼む。ただし身の安全が最優先だ。いいね？」

「……はい」

「わかりました」

うなずきつつ、瑠璃丸は少し離れていても真珠を守れる方法を考えていた。

◆◆・・・・◆◆・・・・◆◆

「――というわけで、瑠璃丸の代わりにあたしが来たの」

　瑠璃丸に文で入内する異母妹のことを知らせた翌日、真珠のもとを訪ねてきた桔梗から、少々こみ入った話を聞かされた。

「では、その……瑠璃丸は、しばらくお隣りにいないの？」

「一本角の鬼が現れるのは夜だから、鬼の正体を見極めるだけなら、昼間は家にいられると思うんだけど、その前にもっと情報がほしいのよ。だから朝から検非違使庁に行かなくちゃいけなくて」

「え、でもでも、まだ鬼だって決まったわけじゃないんでしょ？　鬼のふりをした、ただの人さらいかも」

　笹葉が小皿に間食の干棗(ほしなつめ)と胡桃(くるみ)を取り分けながら言うと、桔梗も大きくうなずく。

「そうなのよ。鬼じゃないってわかれば、瑠璃丸も帰ってこられるんだけど――」

　桔梗は袖の中から、拳ほどの大きさの袋を取り出した。

「それを確かめるにも、結局、時間がかかるでしょうから。これ、瑠璃丸が、自分が近くにいられないあいだ持っててほしいって」

「……これは？」

桔梗から受け取って、真珠は袋を撫でてみる。何か硬いものが入っているようだ。

「あ、中は見ないで。瑠璃丸も、決して開けないでほしいって言ってたし。でも肌身離さず持っていれば、強いお守りになるから」

つまりこれは、守り袋か。

「……紐をつけて、首から下げておくのがいいかしら」

「あ、そうね。掛け守りにするのが一番いいかも。そうして」

両手をぱちりと打ち合わせ、桔梗はそこで、あっと声を上げた。

「いけない、こんなしゃべり方して。あたし、ここの女房をするんだった。——失礼しました、姫様」

急にかしこまった桔梗に、真珠は声を立てて笑う。

「桔梗はわたくしのお姉さんだから、気にしなくていいのに……」

「そうはいきませんよ。もうすぐ他所の姫君が来られるんでしょ？」

「今日、こちらに着くらしいけど、来るまではゆっくりして」

真珠が菓子皿のひとつを桔梗のほうへ押しやると、近くにいた女房たちも集まってきた。

「今日は棗？　笹葉、お皿こっちにもちょうだい」

「桔梗さんがしばらくいてくれたら、縫い物がはかどるわぁ」

「桔梗、縫い物得意だものね。衣替えに間に合うように、いまから新しい小袿を作っておきたいのよ。手伝ってよ」

西の対で真珠に仕える女房は、たとえば学才があるとか優れた和歌が詠めるとか、そういうことは二の次で、まず冷静に物の怪に対処できるというのが第一条件であったため、琴宮降嫁のときと同様、陰陽師や僧侶の身内から集められていた。したがって、度胸はあるが必ずしも何かに秀でているとは限らず、たまには手際の悪いこともあった。

しかし真珠にとっては、いずれ自分の身内となる鬼の姉弟に対し、親しみを持って接することができる点が何より重要で、いまではそういう女房しか残っていない。

女房たちと楽しそうにしゃべりながら菓子を摘まむ桔梗に、真珠は内心ほっとして、手にした守り袋に目を落とす。

いったい、何をお守りにしてくれたのだろう。魔除けになるものなら、櫛や鏡か。

でも、この袋に入る大きさではないし、そういうものならここにもある。

「……」

中を見てみたい衝動にかられたが、瑠璃丸はそれを望んでいないのだと、踏みとどまる。瑠璃丸が見てほしくないというなら、何か理由があるのだ。中身のことは考えず、ただ大切に持っていればいい。

この袋に合う紐を、あとで選ぼう。守り袋はひとまず大事に懐へしまって、真珠も菓子に手を伸ばそうとした。

そこへ女童が、小走りにやってくる。

「皆さん、皆さん、四条の姫君が到着されました」

「来たのっ？」

女房たちが、いっせいに身構える。まるで物の怪が現れたときのようだ。

「はい。いま寝殿で、殿と琴宮様に御挨拶してます」

「――どうしますか、姫様」

干棗を片手に、やけに深刻な顔で振り向いた笹葉に、真珠は呆れ顔で言った。

「どうもしないわよ。向こうの挨拶がすんだら、こちらに来るでしょう」

「でも、でも」

「迎えにいきたいの？　それともみんなで並んで、ようこそ桃殿へ、ってするの？」

「嫌ですよ。しませんよ」

「それなら普通にしていたら？」

「……」

それもそうかと、女房たちは再び菓子を食べ始める。真珠は女童に声をかけた。

「知らせてくれて、ありがとう。あと悪いけれど、わたくし、粉熟が食べたいの」

「あ、はい。作ってもらってきます」

女童はすぐに、もと来たほうへ戻っていく。

米粉や豆の粉などをこねて茹で、甘葛を混ぜて竹筒に入れ押し固めて作る粉熟は、真珠の好物だが、桔梗の好きな菓子でもあった。案の定、桔梗が笑顔を見せる。

「あたしもいただいていいです？」

「もちろん。明日は豆餅を作ってもらうわね。あ、たくさん作って、近江の皆さんに分けましょうか」

「それは悪いですよ。このあいだもいい麻布をいただいたばっかりなのに……」

桔梗は慌てて手を振った。

初めて近江の白銀の一家に会ったとき、瑠璃丸と桔梗の母である月草は、ずいぶん着丈の合わない衣を着ていた。あれは、鬼は針を持たないので、人の衣を着たければ何かと交換したり、譲ってもらったり、鬼によっては奪ったりと、そうやって入手しているため、女でも人より大柄な鬼の体には、どうしても合わないのだという。

だから桔梗は公貫邸に来てから懸命に針仕事を覚え、近江の母と妹たちのために、破れにくく丈夫な麻布で、鬼の身に合った衣を仕立てているのだそうだ。それを聞いてから、真珠はときどき桔梗に麻布を融通していた。

「でも、あれで足りたの？　近ごろは弟さんも、毛皮でなくて衣を着るって言っていたでしょう」

「足りた、足りましたよ。衣を着たがるのは末の弟だけですし――」

話の途中で桔梗がふと真顔になり、口をつぐんでどこかに視線を向ける。

桔梗のその反応につられて、他の女房たちもおしゃべりを中断すると、渡殿(わたどの)を通る幾つもの衣擦(きぬず)れの音が微かに聞こえてきた。

「……来た？」

「あれ、四条の……」

「しっ」

言葉を発した女房を制して、桔梗は渡殿からの音にじっと耳をすましている。その表情が、次第に強張ってきた。

「……何あれ」

「桔梗？」

失礼な——とつぶやいて立ち上がり、桔梗が部屋を出ようとする。

鬼は目、鼻、耳がよく、桔梗が中でも一番いいのは目で、鼻と耳はそうでもないのだと、前に聞いたことがある。それでも、人よりははるかによく聞こえているはずだった。その耳で、桔梗は何を聞いてしまったのか。

「桔梗、落ち着いて」

真珠はつとめて穏やかに声をかけたが、桔梗は怒りの形相で壁代を摑み、はね上げる。そこへ十人近い女たちが、渡殿を抜けて、どやどやと東の廂に上がってきた。

先頭の若い女が、目の前に立つ桔梗を驚いた顔で見上げ、尋ねる。

「こ、こちら、大君のお住まいの——」

「……どういう意味よ、物の怪憑きって」

自分は鬼の中ではかなり小柄なのだと言っていたが、それでも並の女人より頭半分は上背のある桔梗に、さらに廂より一段高い母屋から見下ろされ、若い女は凍りついたように立ちつくした。

「え。えっ……」

「聞こえてるのよ。あたし耳がいいから。で？　そんなこと言うんなら、何でここに来たの。怖いんでしょ。他所に行けばいいじゃないの」

「……」

そういうことか。

真珠は少し目を伏せ、苦笑する。

入内する姫君の耳にも、自分の噂は届いているのだ。桃殿の大君は、物の怪憑きだと。そして、そのせいで入内できないのだとも。

父親の正妻である皇女と同じ屋根の下ですごすのは気づまりだし、女房たちの目も冷たかった。それなら娘の住まいのほうがまだましだと思ったが、物の怪憑きの姫君と寝起きを共にするのも、やはり怖い。ああ、まったく気が重い――桔梗の耳に聞こえたのは、おそらくこんなところだろう。

同じことを察した女房たちが、顔色を変えて腰を浮かせる。

「……笹葉、北野（きたの）、三室（みむろ）」

真珠は静かな声で、もうすでに立ち上がっている、あるいは立ち上がるのが早かった女房の名を呼んだ。女房たちはもどかしそうな、何か言いたげな顔をしながらも、渋々座り直す。

「桔梗――」

女房たちを落ち着かせてから、真珠は桔梗を見上げた。桔梗は険しい表情のまま、振り返る。

「大丈夫。……戻って」

「……」

小声でも迂闊なことは口にできないと、いまので充分伝わったはずだ。だからこれ以上は何も言わなくていいのだと、真珠は微笑を浮かべ、桔梗にうなずいてみせる。

桔梗はそれでも眉根を寄せていたが、もう一度、廂で突っ立ったまま固まっている女たちをねめつけると、黙って踵を返した。

桔梗と入れ替わりに、西の対の女房の中で最年長の伊勢が、壁代を上げて女たちの前に姿を見せる。

「四条からお見えの方々ですね。北の廂に場所を開けてあります。どうぞそちらへ。もし足りないようでしたら、先ほど通ってこられた渡殿の端をお使いください」

「……あ、あの……こちらの姫君に、御挨拶を……」

「全員でのあいさつは不要です。主だった方だけでどうぞ」

伊勢はそう告げると、返事を待たずに壁代を閉じ、真珠のもとへ戻ってきた。

「これでよろしいですか」

「ええ。ありがとう」

桔梗はと見ると、自棄(やけ)になったかのように胡桃を音高く嚙み砕いている。

「そんなに怒ることないわ。物の怪がよく出るのは本当のことだし」

「あたしも物の怪のうちですけどね。世話になるのにあの言いようは、失礼すぎる」

「まさか聞こえるとも思っていなかったのよ。桔梗がいたのは、あちらには不運だったかもしれないわね。さぞ決まりが悪かったでしょうに」

真珠が笑うと、女房たちもようやく肩の力を抜いたようだった。

ほどなく伊勢が指示したとおり、三人だけが再び東廂に現れる。

「失礼いたします。あの……」

「ああ、どうぞこちらへ」

伊勢が、先ほどより真珠のいる場所に近い位置の御簾を上げ、三人を中に入れた。

若い女が二人と、年配の女が一人。若い女の片方は、扇で顔を隠している。

真珠は、三人には几帳に隔てられて半分しか姿の見えないところで、几帳の切れ目から様子をうかがっていた。

「お初にお目にかかります。私、このたび入内が決まりました、こちらの姫の乳母でございます。そしてこちらが、私の娘でして……」

乳母がこちらの姫と言ったのが扇で顔を隠したほうの若い女で、その娘というのがおそらく姫君の乳姉妹なのだろうが、さっき集団の先頭にいたがために、真っ先に桔梗ににらまれていた女だった。

「では、入内されるのは、そちらの姫君——」

伊勢の言葉に、皆の視線が顔を隠した姫君に集まる。

「はい。入内までのあいだ、姫共々、御厄介になります。こちらも何かと支度がございますので、少々お騒がせするかと存じますが、御容赦くださいませ」

乳母と乳母子が深く頭を下げる。その後ろで姫君が、一拍遅れて、上体をわずかに前へ傾けた。

そのとき扇も傾いて、姫君の目元だけが露わになる。

冷めた——どこか不貞腐れたようにも見える目だった。

なるほど、本当はこんなところで世話になりたくないと思っているのは明々白々だが、ここの女房も、そう思っているのがはっきりわかる相手を歓迎する気はまるでないようなので、お互いできるだけ干渉しないのが吉だろう。

「――伊勢」

真珠は伊勢を呼び、姫君に伝えるべきことを言づける。

「まず、四条からの道のり、お疲れ様でした」

伊勢が真珠の代わりに、三人に告げた。

「宮中に入られるよし、まことにめでたいことです。滞在中、何かありましたらこの伊勢が承ります。入内の日まで、どうぞごゆっくり」

「ありがとうございます。……失礼いたします」

こちらも姫君の代わりに、乳母が答える。

挨拶がすむと三人はすぐに部屋を出て、いそいそと北廂に戻っていった。

西の対の女房たちが一様に不機嫌そうにしている中、桔梗が低い声でつぶやく。

「……あの姫君、何か変」

「えっ？」

女房たちが、桔梗を振り返った。

「別に何も見えないし、怪しもいない。けど、何か、こう……よくわかんないけど、嫌な感じがするのよ」

「嫌な感じ……？」

「あたしの思い過ごしかもしれないけど……」

女房たちは顔を見合わせ――そして各々、腰を上げる。

「打撒の米、余分に用意しておきましょう」

「そうね。そういう予感って、疎かにしないほうがいいわ」

「陰陽師の兄に頼んで、すぐ呪符を作ってもらいますね」

「え、でも、本当に思い過ごしかもしれないから――」

早速動き出した女房たちを、桔梗が慌てて止めようとするが。

「結果として思い過ごしだったら、それはそれでいいじゃない」

そう言って、真珠は皿を手に取り、小さめの胡桃を選んで摘んだ。

「人の出入りが普段より多くなるのだから、用心はしておくにこしたことはないわ。それで何もなければ、それが一番いいことよ」

「そうですよねぇ」

笹葉も干棗を食べながら大きくうなずいて、それでようやく桔梗も眉間を緩めた。

「……じゃあ、もっと用心して、あとで見まわりでもしておこうかな」

「ええ。お願いね」

日が陰ったのか、部屋の中がわずかに暗くなる。

北廂のほうからは、四条から来た女房たちのざわめきが聞こえてきていた。

日はすでに西に傾いていた。

瑠璃丸が天を仰ぐと、まるで何かに急かされているかのように、雲が流れている。乾（いぬい）の方角から吹く風が土ぼこりを舞い立たせ、瑠璃丸が着る紅躑躅の重ねの狩衣も、袖が大きくはためいた。今朝はほとんど風がなかったというのに。

瑠璃丸は手にした書き付けが飛ばされないよう、二つに折り、懐にしまった。

……ここ、たしかこのまえ使いで来たところの近くだよな。

瑠璃丸は、町尻小路と五条坊門小路が交わる辻（つじ）のところで、あたりを見まわす。

先日、民部大輔邸への使いを頼まれた雑色の岩雄についてきたとき、このあたりを歩いた気がした。あのとき嗅いだ怪しのにおいと、同じにおいがする。

今日は朝早くから検非違使庁に出向き、鬼と思われる何者かが女人をさらった件についての文書すべてを通読してきた。

二十五年前から直近の五年前の事件まで、さらわれた人数は五人。下は十五歳から上は三十歳まで、年齢はまちまちだが、いずれも父親が五位以上の貴族で、裕福といえる家柄の女人だった。十五歳の女人は未婚だが、あとの四人は結婚しており、子のいる女人も二人いた。

五人全員に血のつながりがあるという話だったが、たしかにつながってはいたものの、姉妹や娘といったわかりやすい血縁ではなく、最初の事件と思われる二十五年前の女人を起点として、その姪だったり、異母姉妹や従姉妹の娘だったりと、なかなか広範囲に渡っていた。したがって、ただのかどわかしであれば、この五人に関わりがあったということも、気づかれなかった可能性がある。つながりが認められたのは、かどわかされた時期が毎回二月中であったのと、かどわかされた状況が、五件すべて酷似していたためだった。

状況としては、先だって看督長の笠是道が話していたとおりで、下手人が「わしは故あって、五年に一度、さる女の縁者を食うことにしている。今度はおまえの番だ」と言い残すのも、いつも同じだという。

かどわかしは夜中に起きていて、そのため五件とも、現場を目撃した者が数人しかおらず、下手人の特定は難しかった。

共通する証言は大男ということだけで、あとは頭に角が一本生えていたという話が十五年前の現場に居合わせた一人から、目が赤く光った、毛皮を着ていたようだったという話が、十年前に居合わせた一人から得られている。

この二人が語った下手人の姿は、三十年前、公貫と琴宮が宮中で遭遇した一本角の鬼の特徴と、よく似ていた。公貫によれば、一本角の鬼は、髪は黒、肌は日に焼けたように浅黒く、目は赤く、身の丈六尺五寸ほど、そして人の年齢でいえば五十歳前後に見えた——ということだった。

そもそも鬼の寿命は長い。祖先に人が多ければ多いほど寿命は人に近くなるので、おそらく自分などせいぜい百歳、いや、食事は人と同様、角も切っているので、おそらく八十九十程度だろうが、だいたいの鬼は百歳でようやく老い始め、二百歳ほどで天寿を全うする。だから件の鬼が三十年前に五十歳に見えたなら、当時でも百歳ぐらいのはずで、そこから三十年経っていても、見た目はさほど変わらないと思われた。

もっとも、天寿を全うできる鬼ばかりとは限らない。他の鬼との縄張り争いで傷つき命を落とす者や、本当の鬼退治で人に殺される者も少なくないと聞いている。それを考えると、一本角の鬼がいまも生きているかどうか、それは何とも言えなかった。

「……で、どのへんなんだ、この家は……」

風がやんだ隙に、瑠璃丸は懐から紙を取り出し、そこに書かれた場所を確認する。

共通していると思われることは、もうひとつあった。五人の女人の住まいが、左京の四条から五条に集中しているのだ。偶然なのかどうなのか、わからない。ちなみに三十年前、二の宮の乳母は宮中から間違いなく鬼にさらわれているが、乳母の実家は四条にあったという。そして橘秀房邸も、三条に近いほうではあるが、四条だった。

それでどこに五件の女人の家があったのかと、場所を控えて来てみたのだが。

「……」

ここが五年前の家で、次が二十五年前の家で——などとあちこち歩くうち、自分のいる場所がよくわからなくなってしまった。こんなとき屋根に上れたら、位置がわかりやすいのに。

「……あれ？　瑠璃丸か？」

背後からどこかで聞いた声がして振り向くと、仕事帰りと思しき格好の小野三滝が供を一人連れて立っていた。

「三滝さん、何でここに……」

「何でも何も、ここは私の家の前だよ」

声を立てて笑い、三滝はすぐ角の家を指さした。

「どうしたね。このあたりに何か用事かね？」

「ちょうどよかった。捜してる家があるんだけど、道に迷って」

「ああ、それなら案内しようか。——おまえは先に戻っていていいよ」

供を先に家に入らせ、三滝は瑠璃丸のもとへ歩み寄る。

「どれどれ？　どこの家かな」

「この二十年前に右京大夫だったっていう……」

五件の女人の住まいが記された紙を見せつつ、そのうちの一件を指し示すと、三滝は急に表情を曇らせた。

「いや、これは——」

「知らない？」

「場所はわかるさ。すぐそこ、この道をはさんだ斜向(はすむ)かいだ。ただ、この元右京大夫の家族は、もうここにはいないよ。二十年ほど前、まだ十五歳だった娘が、何者かにかどわかされてしまったのだ。それ以来、家族にもあまりいいことがなくてね……。あれは気の毒だった」

「……俺、その件の調べに協力してくれって、検非違使の看督長から頼まれてて」

「え？　協力？　検非違使の？　瑠璃丸が？」

三滝はきょとんとした顔で、瑠璃丸を見上げる。

「そう。何か、そういうことになって」

「検非違使の手伝いか。まぁ、瑠璃丸は刑部卿の子になったわけだし、跡を継ぐならそろそろそういう仕事もやっていくようになるんだろうなぁ」

どうやら三滝は、刑部省つながりの協力依頼だと、勝手に解釈してくれたらしい。

「――っと、そうか、もう刑部卿の跡取りを瑠璃丸なんて呼んで、なれなれしくしたらいけなかったのだったな」

「え、いいよ。三滝さんはそのままでいてよ。ただでさえ家で若君なんて呼ばれて、いまだに慣れなくて変な感じなんだしさ」

直貫という名はもらったが、やはりまだ瑠璃丸と呼ばれるほうがしっくりくる。

「それより、その元右京大夫の家のこと、もうちょっと詳しく聞きたいんだけど」

「ん？　ああ、それじゃあ、ちょっと見にいこうか」

三滝は瑠璃丸を連れて通りを渡り、斜め向かいの町に入った。

「いま渡ったのが五条坊門小路だ。元右京大夫の家は、こちら側だよ。いまも邸宅はそのままあるが、別の家族が住んでいるから、中には入れないがね」

三滝に案内された家は、思いのほか普通だった。築地塀にどこも傷みはなく、よく手入れされている。塀越しに見える庭の松も、きちんと整えられていた。

「住んでるのは、元右京大夫の親戚とか？」

「いや、他人だと思うよ。この家、あまり人が長く居つかなかったからね。元右京大夫の家族が去ってから、この二十年で何回か住人が変わって」

また強く風が吹いて、三滝の深緋(こきひ)の袍(ほう)の袖と裾がばたばたと音を立てる。瑠璃丸は急いで書き付けを懐に押しこんだ。

「二十年前のかどわかしのこと、三滝さんは詳しく知ってる？」

「いや、私はだいぶあとになって、元右京大夫の家人から、実は姫君が夜中にさらわれたのだと聞いただけでね。一時期、検非違使の出入りはあったが、右京大夫はその件を隠したがっていたようだし、詳細を知る者はあまりいないのではないかなぁ」

それに——と言って、三滝は声をひそめる。

「……ほら、二十年前のこのころといえば、桃殿の殿が、魔の姫に……」

「え？　あ——それ、二十年前？」

「そうだよ。何しろ琴宮様の降嫁が目前だったからね。家人総出であの家の魔除けに必死で、私もまだ任官前の暇なときだったから、桃を植えたり弦打したり、いやぁ、大忙しだった……」

「三滝さん、そのとき幾つだったの」

「私は殿と同い年だよ。父の代から大殿に仕えていて、私もそのころはもう、二条に通っていろいろと雑用をしていたから」

真珠の父と同じということは、三十八か。

「桃殿がそんなじゃ、隠されてたかどわかしのことは、知らないか」

「こちらの事件は、桃殿の騒動より何日かあとに起きていたからね。近所でそんなことがあったなんて、どこもかしこも物騒だと思ったものだよ」

そう言って、三滝はふと、顔を上げた。

「そういえば、殿が魔の姫に遭遇した荒屋も、この近くにあったのだよ」

「――えっ？」

「二十年前のときは、場所がはっきりしなくてわからなかったらしいのだが、十年前にもう一度同じことがあったとき、前の陰陽頭が今度こそ場所をつきとめてね。大殿が怒りに怒っておいでだったから、荒屋はすっかり壊されたよ」

「……近くって、どこ？」

「ついでだ。行ってみるか？」

三滝にうながされ、瑠璃丸は通りに戻った。先ほど渡った道を再び渡り直し、三滝は東へと足を向ける。

「……娘がさらわれた心労だろうな、右京大夫の北の方が、その年のうちに亡くなってしまってね」

道すがら、三滝は元右京大夫の家のことを話した。

「右京大夫自身も体を悪くして、床に就くようになってしまって――大夫の家人が、よく物の怪のせいだと言っていたよ」

「……その物の怪って……」

「病の物の怪か、怪しの物の怪か、どちらの意味だったのだろうなぁ。あまり深くも訊けない雰囲気でね。翌年には右京大夫は出家して、どこかへ行ってしまって、大夫の息子たちも住まいを変えて、それっきりだ」

「……」

三滝の話を聞きながら歩いているうち、怪しのにおいが濃くなってきていた。やはり、このあいだと同じにおいだ。瑠璃丸は思わず、顔をしかめる。

「どうした？」

「……このへん、あんまりよくない怪しのにおいがするんだよ。このまえ父上の使いで民部大輔の家に行ったんだけど、そのときもこのにおいがしてさ」

「民部大輔の家なら、ここだよ」

「えっ？」

三滝は左手側の築地を指さした。

「私の家も民部大輔の家も、南側を五条坊門小路に接していてね。うちは東に町尻小路のある町の角だが、民部大輔の家は、東に室町小路のある町の角だよ」

「……町尻小路の一本東の通りが、室町小路だっけ」

「そうだよ。ほら、あの道だ」

少し先にある南北に延びた通りに、三滝は視線を向けた。

室町小路に近づくにつれ、明らかにこのあいだよりも怪しのにおいを強く感じる。

「……二十年前から魔の姫の荒屋があって、いまもこれだけにおいがするってことは、このへん怪しが多いんじゃないかと思うんだけど、三滝さんは住んでて平気？」

「祖父の代からあそこに住んでいるが、特に何もないなぁ。……そういえば昔、父が前の陰陽頭に、あなたの家系は物の怪に強いようだから、先祖の供養はよく行って、信心を怠らないように、と言われたらしい。たしかにこのあたりは、物の怪だの生霊だのとよく聞くが、我が家に出たことはないね。ありがたいことだよ」

「生霊までいるのか……」

「さらわれた元右京大夫の娘が生霊になったと、噂があってね」

「……は？　さらわれて生霊？」

「あ、いや、まぎらわしい言い方だったね。さらわれる前の話だよ。——っと、魔の姫の荒屋があった場所は、ここを左だ」

道の角を曲がり、三滝は室町小路を北に向かって歩いていく。瑠璃丸もそのあとを追った。

「三滝さん、いまの、どういうこと」

「それもあまり詳しくは知らないが、噂じゃ、右京大夫の娘がどこかの娘と結婚相手を争って、恋敵を恨んで呪詛したとか、生霊になったとか……」

「呪詛……」

「さらわれる一年ぐらい前のことだったと思うよ。噂が落ち着いたと思ったら、本人がさらわれるなんてなぁ。……おっと、ここだ、ここ」

話しているうちに通り過ぎそうになったようで、三滝は慌てて数歩戻る。

見覚えのある光景だった。瑠璃丸は町の内に足を踏み入れる。

「その荒屋って、民部大輔の家と同じ町……」

「同じ町だね。ちょうど民部大輔の家の北側あたりだ」

「……」

やはりそうだ。民部大輔を訪ねたとき、岩雄を待ちながら少し歩いた場所だ。

「大殿の御命令で荒屋が取り壊されて更地になったのだが、勝手に住み着いてしまった者たちがいるようだな。まぁ、もともと誰の土地だったのやら……」

築地の大きく崩れたところから中を覗いて、三滝が苦笑する。

たしかに敷地には小家が幾つか建ち並び、畑も作られていた。荒屋の痕跡は、おそらくこの朽ちはてた築地塀だけと思われたが、怪しのにおいは、とても強い。いま、視界に何の怪しの姿も見えないのが、かえって不思議なくらいだ。

瑠璃丸は唇を引き結び、あたりを見まわす。

「どうだね？」

「……荒屋がなくても、嫌な感じがする」

「そうか。建物をなくしたところで、物の怪にはあまり関係ないのかもしれないな。そのうち陰陽寮の誰ぞに、祓ってもらうよう頼んでみようか……」

あたりまえだが、怪しのにおいなどわからない三滝は、あまり切迫感のない様子でそう言って、築地から離れた。

「さて、他に見たいところは？」

「あ、いや、これで充分。道もわかったし、助かったよ。ありがとう」

「なら、私はこれで帰るよ。そろそろ日が暮れるから、また迷わないように気をつけるのだよ」

ひらひらと手を振って、三滝はもと来た道を帰っていく。

「……」

三滝を見送って、瑠璃丸はあらためて懐から書き付けを取り出した。

いろいろ見てまわったが、結局すべて、かどわかしのあった家に当時の住人は暮らしていなかった。怪しの気配のようなものもなく、むしろ、かどわかしとは無関係のはずの、この荒屋跡のほうが胡散臭い。先だって民部大輔の具合が悪いということで見舞いを届けたが、目の前にこんな場所があるから体調を崩したのではないか、という気さえしてくる。

空はすでに薄紫色に染まっていた。風に巻き上げられた土ぼこりが、うねるように路地を駆け抜けていく。

瑠璃丸は書き付けをしまうと、室町小路に戻った。これから配下の者らを率いて橘秀房邸の夜間警固にあたるという笠是道に、合流することになっている。

このまま室町小路を北へ行けば、橘秀房邸の西側に出るはずだった。瑠璃丸は軽く地面を蹴ると、まっすぐに走り出す。ほんの小走りのつもりだが、それでも人が全力で駆けているのと同じ程度の速さになってしまうため、道行く人に気を配りながら、綾小路（あやのこうじ）、四条大路と進んでいく。

錦小路の手前まできたところで、瑠璃丸は前方に知った顔を見つけ、足を緩めた。桃殿の家人たちだ。雑色が二人がかりで、唐櫃（からびつ）を積んだ荷車を動かそうとしている。

「あれ――婿殿じゃねぇかい」

雑色たちも瑠璃丸に気づき、大きく手を振った。

桃殿の主や三滝以外の家司たちは、本物の鬼を婿にしたくないがゆえに、瑠璃丸の存在をいささか疎んじているが、下働きの者たちは、子供のころから何かと力仕事に手を貸していた瑠璃丸を、婿君や婿殿などと呼んで親しんでいる。

「ちょうどよかった。婿殿、助けてくれないかい。車輪が溝にはまっちまって」

「どっち？　左か。危ないからちょっとどいてて」

瑠璃丸は荷台に手をかけ、深く削れた轍（わだち）から車輪を持ち上げると、前に押した。

「おぉ、さすがの腕っぷし。いやぁ助かった。地獄で鬼とはこのことだ」

「そりゃ仏だろうが。――手間かけて悪かったな、婿殿」

「いいよ、これぐらい。何、これ桃殿まで運ぶの？」

「そうそう。婿殿も聞いてるか？　殿が外に作った娘を入内させるって。ここがその娘の家なんだよ。しばらく桃殿に居候するから、荷物持ってこいってよ」

雑色の一人がそう言いながら、目の前の邸宅を顎の先で示す。

「例の、入内まで西の対にいるっていう？」

「それそれ。やっぱ聞いてたか」

「……そりゃ、その娘が入内するまで、俺、西の対に入れないし」

「あー……」

雑色二人が気の毒そうに声を上げ、そろって瑠璃丸の背を叩いた。

「ま、そんなに長いことといないらしいからよ、ちっと辛抱だな」

「姫様だって、あんな辛気くさい女ども、長々と預かりたくないだろうよ」

「──辛気くさい？」

雑色の一人が前で引き、もう一人が後ろから押して、荷車が動き始める。瑠璃丸もその横に並んで歩き出した。

「今日、ここから桃殿までの車の列にもついてきたんだけどよ、女房どもがそろって辛気くさいっていうか、やたら文句ばっかりっていうか……」

「ありゃ、勝手に姫様を妬んでんだ。姫様が入内しなかったから、自分とこに順番がまわってきたってのに、姫様の悪口ばっか言いやがって。殿が見てなかったら道端に放り出してやるところだった」

「……悪口？」

瑠璃丸が剣呑（けんのん）な表情で問い返す。真珠の悪口とは、聞き捨てならない。

だが雑色たちは、声を立てて笑った。

「物騒な顔しなさんな。女房どもに売られた喧嘩（けんか）は、うちの女房どもが買うさ」

「そうそう。奥のことは奥だ」

「……そっか」

たしかに、西の対で真珠の悪口など言おうものなら、あそこの女房たちが黙っていないだろう。しかも今日から桔梗がいる。小声の悪口でも聞き逃しはしないはずだ。

瑠璃丸はひとつ息をつくと、荷車の後ろにまわって、雑色と一緒に荷台を押した。前で引いていた雑色が、うおっ、と声を上げる。

「ははっ、こりゃいい。軽い軽い。すいすい進むぞ」

「俺、橘中納言の家に行くところなんだ。そこまででよければ、押してくよ」

「おぉ、そんなら、この道をまっすぐだな。途中まででも助かる助かる」

雑色たちの笑い声を聞いて、瑠璃丸は少し安堵した。

真珠は桃殿の女房、家人たちに、とても慕われている。自分が近くにいられなくても、きっと皆が一丸となって、真珠を守るために動くだろう。

もっとも、それはそれとして、やはり自分が側で真珠を守りたいのだが——

暮れゆく空をちらりと見上げ、瑠璃丸は強く地面を踏みしめた。

橘秀房邸に着くと、すでに邸内では検非違使と、刑部省の配下と思しき者たちが、いたるところで篝火(かがりび)を焚(た)いて警備にあたっていた。

瑠璃丸は西門を入ったところにある侍所の近くで、形の悪い庭石に無理やり座って丸く握った強飯(こわいい)を頬張っている赤い狩衣の男を見つけ、無言で近づいていく。

「——よぅ、御子息。ひょっとして来てくれないかと思ってたが」

「来たよ。訊きたいことができたし」

「あ？　おれにか？　まぁいい。御子息も食えよ。中納言殿がおれらの飯も用意してくれた。——おーい、こっちにも飯をくれ」

是道は、侍所の前で武装した者たちに何かを配っていた女に声をかけた。女は大きな折敷を持って、こちらに来る。

「悪いですね、もう飯が終わってしまって。餅ならあるんですけど」

「何でもいいよ。ありがとう」

小腹は空いていたので、瑠璃丸はありがたく餅をひとつもらった。少し硬くなっていたが、胡麻が練りこんであるようで、かじると香ばしい。

「で？　訊きたいことって？」

早々に飯を食べ終えた是道が、瑠璃丸を見上げた。瑠璃丸は立ったまま餅をかじりつつ、懐から書き付けを取り出して是道に渡す。

「その前にこれ返す。全部まわってきたけど、かどわかしがあった家に住み続けてる家族はいないんだな」

「ああ、みんな離散しちまってるからな」

返された書き付けをぞんざいに懐に突っこんで、是道は別の紙を引っぱりだした。

「五年前、おれが看督長になってすぐ、この近くでかどわかしがあってな。……それが五件目だったってのはあとでわかったが、初っ端から下手人を見つけだせなかった事件だったから、よく憶えてる」

「……三十歳の女人がさらわれたのが、それか？」

瑠璃丸は話しながら、侍所の前に立てられた篝火を眺めていた。あたりは人の顔がようやく見えるくらいに暗くなっている。

「ああ。実は二十五年前に、最初にさらわれた女の姪だった」

「姪ってことは、最初にさらわれた女人の、兄弟の子か」

「姉の娘だ。その姉ってのも、後宮で乳母をやってたらしいが、妹がかどわかされる五年前には亡くなってて、娘は母親の実家で育てられたんだと」

「……」

食べかけの餅を手にしたまま、瑠璃丸は是道を振り返った。是道は、さっき懐から出した皺くちゃの紙を、顔をくっつけるようにして見ながら話していた。

後宮で乳母。早くに亡くなった——

「そんなこと……今朝読んだ文書には、書いてなかった」

「あれをまとめたのは、おれじゃないからな。これは、おれが自分で調べてきたことだ。下手人の手がかりがないかと思って」

「……それ、ちょっと見せて」

瑠璃丸は是道の手から、紙を取り上げる。細かい字がびっしりと書かれていた。人よりはるかに夜目が利くが、さすがに字が細かすぎて、瑠璃丸は餅の残りを口に入れると、篝火の近くにいって炎の明かりで読む。そこにはあまり上手くない字で、五件目の女人の母親について、後宮で皇子の乳母をしていたが、女人が五歳くらいのとき、急病で亡くなったと記されていた。

麗景殿とも第二皇子とも書かれていない。だが時期は合う。二の宮の乳母の件は、世間に真相が伏せられたはずだ。鬼にさらわれた、ではなく、急病による死であると公表され——だがその五年後には妹が、二十五年後には娘が、何者かにさらわれた。さる女の縁者を食うと明言している、鬼のような風体の男に。

「……」

ぱちりと、篝火の中で火の粉がはぜる。

起点は——二十五年前ではなく、やはり三十年前だったのではないか。五年ごとにさらわれているのは、たしかに二十五年前の女人の縁者でもあるが、実際はその姉、二の宮の乳母の縁者。

瑠璃丸が是道の書き付けをさらに読み進めると、恨み、という言葉が出てきた。

乳母の娘はある男と結婚して子を産み、幸せに暮らしていたが、夫には正妻と呼ぶべき妻がいた。正妻を疎かにはできなかったのか、あるいは乳母の娘に飽きたのか、子が生まれて数年後には、もはや夫の足は遠のいており、乳母の娘はしばしば、夫と正妻への激しい恨み言を周囲に漏らしていたという。

二の宮の乳母は、一の宮を呪詛していた。その娘は夫と正妻を恨んでいた。そして二十年前、二の宮の乳母とどこかで血のつながっていた右京大夫の娘も、恋敵を呪い生霊とまでなっていた。

二の宮の乳母の呪詛は、恐ろしい物の怪を呼んだ。今度のことも、二の宮の乳母の血と、誰かへの暗い感情が、一本角の鬼を呼び寄せているのだとしたら。

「──看督長」

瑠璃丸は振り向いて座っている是道のところへ戻り、書き付けを返した。

「俺、ちょっと帰るから」

「は？　おいおい、いてもらわないと困るんだよ」

「すぐ戻るから」

「駄目だ駄目だ。もう夜だぞ。鬼が出たらどうする」

是道は庭石から立ち上がり、大きく手を振って瑠璃丸の行く手を阻む。

「これだけ派手に警戒してたら、鬼も日を改めるよ。父に急いで知らせることが」

「なら文を書け。紙も筆も貸してやるし、文使いも出してやるから」

「ちょっ──」

とうとう是道に腕を掴まれた。どうやっても帰さないつもりのようだ。なかなかの腕力だが、振り解けないほどではない。鬼の力なら、むしろ簡単に振り解けるが。

「……すぐ文使いを出してもらえるのか？」

「一番足が速くて正確に届けるやつを出してやる」

瑠璃丸は深いため息をつく。

ここで鬼の腕力を披露するわけにはいかなかった。

陰陽寮が時を知らせる鐘鼓の音が聞こえた。腕を組み、目を閉じて立蔀に寄りかかって立っていた瑠璃丸は、顔を上げる。

「……亥の刻か」

つぶやいて、是道があくびをした。相変わらず座りにくそうな庭石に腰掛けている。

「かどわかしは、いつも何刻ごろのことなんだ？」

「一番早くて日没後、一番遅くて日の出前」

「……」

つまり、夜中ずっと警戒していなくてはならないということか。瑠璃丸は、ここに来て何度目かわからないため息をついた。

「待ちくたびれるのは早いぞ、御子息。今夜とも限らないからな」

「……その御子息っての、やめてくれ」

「刑部卿の若君様だろ。これでも気ぃ遣ってんだよ」

「空々しいからやめろって言ってるんだよ。刑部卿の息子だなんて思ってないだろ」

「おれは誰に対してもこんなもんだぞ。刑部卿の息子だろうが大臣の息子だろうが、鬼だろうが仏だろうが」

顔は動かさず、瑠璃丸は視線だけで是道を見下ろす。是道は退屈そうに、手のひらで小石を転がしていた。

「……俺のこと、誰から聞いた？」

「さぁ、誰からだったかな」

「知ってたから、鬼退治に加えようとしたんだろ」

「まぁな。こっちは鬼のことなんざ、何も知らんからな」

やはり、そうだったか。

正体を知られているとわかって、瑠璃丸はかえって気が楽になる。

「しかし、あんたのことを最初に聞いたのは、十年も前だ。そこそこ噂になってたぞ。

源公貫が鬼の子を養子にしたって。もっとも姿を見たやつはいなかったもんだから、しまいに結構な尾鰭(おひれ)がついて、角が三本だの身の丈八尺だの」

「……滅多に肉を食わなくなったから、そこまで背が伸びなかったんだよな」

是道がようやく面白そうな表情になり、こちらを見上げてきた。

「角は三本あるのか？」

「二本だよ」

「どこに」

「切ったよ。とっくの昔に」

「切れるのか？」

「切れる切れないじゃなく、切ったんだよ。切って、切り口を焼いて、そうすれば、二度と生えてこなくなる」

「……よくそこまでして養子になったたな」

「それなりの身分にならなきゃ相手にしてもらえない女に惚れた」

「女かよ。鬼も案外、腑抜(ふぬ)けだな」

「それ、今度あんたの北の方に言いつけてやるよ」

「……悪かった。勘弁してくれ」

小石を放り投げ、是道は素直に頭を下げた。瑠璃丸は小さく笑って、天を仰ぐ。

「何だ、そうか。……そんなに俺のこと噂になってたのか」

「一時はな。あんたがなかなか表に出てこないから、みんな忘れちまった。俺も市であんたを見ても、えらくでかい若白髪のやつだとしか思わなかったしな。……ただ、目が青かったから、こいつは妙だと」

「やっぱり目立つか……」

できるだけ目を細めて歩けば、気づかれないだろうか。それも面倒だが。

「目は、近くで見ないとそれほどわからんな。鬼ってのは、みんな青い目なのか？」

「それぞれだよ。赤も青も、黒もいる。色が違うだけで、目は目だ」

「弱点は？」

「は？」

「おれらがここに何のためにいるのか、忘れちゃいないだろ。かどわかしの下手人が本物の鬼だった場合、こっちは鬼と戦わなきゃならん。鬼の弱点は、何だ」

是道は真顔でこちらを見ていた。

瑠璃丸は逆に目を逸らし、少し離れたところにある篝火を見つめる。

「……陰陽師を呼べばいいんじゃないか？　本物の鬼なら、検非違使の仕事じゃなくなるんだろ」

「陰陽師が退治できるのか？」

「どうかな。術をかけられたことはないから、わからない。腕力でなら鬼が勝つ」

「そりゃそうだろうよ。……あー、やっぱりつべこべ言わせてないで、陰陽寮のやつ誰か引っぱってくるんだった……」

首の後ろを掻きながら、是道がうなるように言った。

「そのほうがよかったと思うよ。これだけ人数がいても、鬼には太刀打ちできない」

「絶対にか？　刀や弓矢でもか？」

「鬼の強さによる。強い鬼ほど肌が硬いから、刀も矢もはね返すよ。鬼が怪我をするときは、同じ鬼との喧嘩で、爪や歯を使われたときぐらいだと思う」

そう言うなり、瑠璃丸は是道に腕を強く引かれる。

「……何」

「爪見せてみろ」

「俺は戦えないよ。爪切ってるし」

手を見せると、是道は露骨にがっかりした顔をした。

「看督長、俺を鬼と戦わせるつもりなら、無理だよ。俺はひいばあさんとばあさんが人だったから、もともと鬼としては生まれつき弱い。刀が通用しないような鬼には、確実に負ける。だから、初めから戦わない」

「……せっかく呼んだのにか」

「何のために角切ったのか言っただろ。俺は死ねない。死ぬわけにいかないんだ」

少なくとも、真珠を魔から守りきるまでは。

絶対に。

瑠璃丸の強い口調に、これ以上は説得しても無駄だと理解したようで、是道は肩を落として大げさに嘆息してみせる。

「……どこの女だよ。刑部卿の養子にならなきゃ口説けないって」

「大納言の娘。左大臣の孫娘」

「は？」

「桃殿大納言の大君」

「……おい。大物すぎるぞ」

目と口をぽっかりと開け、是道は瑠璃丸をのけぞって見上げている。庭石からいまにもずり落ちそうだ。

「いくら惚れても、それじゃあ……」

「本人は俺を婿にするって言ってくれてるし、そっちの母君の承諾も得てる。反対してるのは左大臣と大納言だけなんだけどな」

「するだろ。反対。そりゃ。……いや、待て待て。女は口説き落とせたのかよ。母親も。おい、すごいな……」

すごいと言いつつ、是道は化物でも見るような目を向けている。鬼だと知っていてもそんな目で見なかったのに、大納言の娘と相思相愛だと化物なのか。いまいち納得がいかない。

「へー……。はぁ、そりゃ、死ねないな。ああ、うん」

「わかってくれてよかったよ」

「……ふーん……。ん？　大納言？　桃殿大納言って言ったな？」

「言ったよ」

「おい、桃殿大納言の娘も一人いたぞ。最初にかどわかされた女の血縁が」

「えっ？」

真珠——いや、真珠のはずがない。真珠は二の宮の乳母の血縁ではなく、そちらに呪詛された、一の宮の血縁だ。

是道が立ち上がり、ちょっと来いと言って篝火のもとへ走る。

「たしかここに……ああ、あった、これだ」

是道は懐からまた別の紙を取り出し、火にかざした。瑠璃丸もそれを覗きこむ。

「……これだ。桃殿ってのは二条にあったな？　そこじゃなく四条に住んでる娘だ。大膳大夫の娘んとこに桃殿大納言が通ってたんだが、その大膳大夫が、最初にかどわかされた女の腹違いの弟なんだ」

書き付けを指さしながら、是道は早口で説明していた。瑠璃丸は慎重に、上手くはない文字を目で追う。

「だから大膳大夫の娘は姪にあたるんだが、その姪、去年だか一昨年だかにもう死んでる。ただ桃殿大納言とその姪とのあいだにできた娘も、姪の娘だから一応血縁だ」

それは、二の宮の乳母の、姪の娘でもあって――よりによって、真珠の異母妹だ。

「……看督長。その娘、四条じゃなく、いま桃殿にいる」

「あ？」

「近いうちに入内するらしい。その準備で、いま、桃殿の――」

西の対にいる。

二の宮の乳母と、血のつながりのある女が、会ったこともない真珠を妬み、悪口を言っているという女房たちとともに。

「……おい、どうした？」

風で炎が大きく揺れる。

妬んでいるのは女房たちなのか。そもそも主が妬んでいるから、女房たちも悪口を言っているのではないか。

妬み嫉み。悪い感情は、悪い物の怪を呼ぶ――

「……！」

急に全身の毛が逆立つような感覚がした。

何かが目覚める。何かが来る。何かが起こる。それは。

「ここじゃない。……桃殿だ」

瑠璃丸は沓を脱ぎ捨てると地面を蹴り、侍所の屋根に飛び乗る。

「――おい!!」

再び跳ぼうとした瑠璃丸に、是道が怒鳴った。

「爪切ってんなら丸腰だろうが馬鹿！　持ってけ！」

ぶつける勢いで投げられた太刀を片手で掴み、身を屈め――屋根を蹴って跳躍しながら、腹の底から吠える。

人の耳では聞こえない、だが、山をも震わすような声で。

見知らぬ家の屋根に降り、目指す場所の方角を一瞬で見定め、またすぐに跳んだ。

風にあおられ、狩衣の袖がはばたく音を立てる。

西の空に月が出ていた。

間に合え――

瑠璃丸は今度こそ、幾度となく踏んだ屋根に降り立った。

◆◆……◆◆……◆◆

陰陽寮が時を告げる太鼓が、四度打ち鳴らされるのが聞こえた。――亥の刻だ。

帳台の内で、真珠は枕に寄りかかり、横にはならずに座っていた。

女房たちも休んでいる者はまだあまりいないようで、母屋も廂も、何となくいつもより落ち着きがない。

「――姫様、まだ寝ていらっしゃらなかったんです？」

手燭を持った笹葉が帳台の前を通りかかり、几帳の隙間から中を覗いてきた。

「何だか寝つけなくて。……みんなも、今日は起きているじゃない」

「うるさいんですよ、北廂が。片付けてるんだか、広げてるんだか……」

「あちらも落ち着かないのね。でも、それも仕方ないわ」

なるべくこちらの女房たちと顔を合わせないようにしているようだが、それも窮屈だろう。真珠は苦笑して、枕の位置を直す。

「気になっても、こちらが先に休めば、あちらも静かになるでしょう」

「だといいですけどね。桔梗さんが近くを通ったときだけですよ、静かにするのは」

到着早々にひと悶着（もんちゃく）あったことと、四条の姫君に原因不明の違和感があるというので、桔梗はずいぶん警戒して、何度も北廂の近くまで様子を見にいっていた。桔梗は用心のつもりでも、あちらは見張られているような気になっているのではないか。

そこへ桔梗が母屋に入ってきた。紙きれを手に、考えこむような顔をしている。

「桔梗？　どうかした？」

「……あ、真珠……じゃない、姫様、まだ起きてたんですね」

桔梗は笹葉の横に腰を下ろすと、手にしていた紙を差し出した。

「さっきうちの殿のところに、瑠璃丸から文が届いたんですよ。検非違使と一緒に橘中納言邸の警備にあたってるところなんですけど、そこでいろいろ話を聞いて、五年ごとに起きてるかどわかしの件、やっぱりうちの殿と琴宮様が会った、一本角の鬼の仕業で間違いないんじゃないかって」

「……じゃあ、さらわれている女人って、みんな、二の宮の乳母の……」

「姫様、姫様、何か怖いことが書いてありますよ。狙われてるのは、誰かを恨んでる女人ばかりみたいだって……」

笹葉の言葉の途中で、急に桔梗が勢いよく立ち上がる。

「桔梗？」

「真珠、身支度して」

何かあったのは桔梗の表情で察せられ、真珠は素早く几帳に掛けてあった小袿と袴を摑んだ。何かあったのではなく、これから何かあるのか。

笹葉の手を借りて袴を身に着ける間に、猫たちが騒ぎ始める。何かを聞こうと耳をすましていた桔梗が、はっと目を見開いた。

「来る。──みんな起きて!!」

桔梗が叫んだ刹那、背筋が粟立った。全身が冷たくなるような気配がして、真珠はとっさに、首から下げた守り袋を握りしめる。

あちこちから女房たちの悲鳴や、几帳、燈台の倒れる音、衝立が割れるような音が聞こえた。

「……！」

真珠と笹葉を背にかばいながら、桔梗が吠える。いつのまにかそこかしこに現れていた五寸ほどの小人たちや人の顔をした犬、床から生えた人の手などの怪しの物が、散り散りになった。

だがそれも束の間、様々な怪しの物が、あとからあとからあとからわいてくる。

「ちょっと、何なのこれ……！　多くない!?」

「駄目、打撒してもすぐ出てくる！」

「あーほら、すぐ追い払うから大丈夫よ、泣かないで……」

廂にいた女房たちが次々と母屋に集まってくる。釣燈籠の明かりはまだ残っていたが、幼い女童の中には、さすがに怖がって泣いている子もいた。この騒ぎで燈台の火が消えてしまったようで、あたりが薄暗くなる。

真珠は几帳を脇へ押しやり、笹葉が持っていた手燭を高く掲げた。

「みんな、こっちへ来て。小さい子はここへ……」

泣いている女童たちを帳台の内に入れてやり、真珠は外に出る。すると笹葉が慌てて袖を引いた。

「姫様も中にいてください。危ないですよ」

「でもわたくしがここにいたら、怪しの物がここに集まってしまうから……」

狙われているのは本来、自分一人なのだ。

しかし女房たちは、主を守ろうとかえって真珠のもとへ集まってくる。結局、全員が母屋の真ん中に固まることになってしまい、女房たちは真珠の周りで読経したり、地道に打撒を続けたりしていた。

「——大丈夫。真珠、お守り、あるでしょ」

怪しの物を追い払うのに疲れたようで、桔梗が肩で息をしている。

「持ってるでしょ、お守り。あれば、これ以上近寄ってこないから」

そう言われて、真珠と女房たちはあたりを見まわした。怪しの物はそこら中でうごめき、飛びはね、走りまわっているが、見えない壁でもあるかのように、一定の距離までしか近づいてこない。

「……姫様の近くが一番安全なんじゃない？」

「そうだわ。みんな、姫様から離れないで……」

女房たちが、真珠の周りで身を寄せ合う。

真珠は瑠璃丸がくれた守り袋を、両手で握りしめた。

瑠璃丸の名を呼びたかった。だが呼べない。瑠璃丸には瑠璃丸のやることが、今日は他所であるのだから。

そのとき横にいた伊勢が、ふとつぶやいた。

「北廂が——」

「え？」

「やけに静かではありませんか？　四条の君たちのほうが……」

皆がはっと顔を見合わせたそのとき——突如、悪寒が強くなる。

冷たく、重いものが。これは。

——邪魔なものが、まぎれておる。

頭の中に、直接響く声。

振り仰ぐと、真っ暗な天井に、美しい女人が漂っていた。

魔の姫——

もはや誰も、声を発しなかった。皆が凍りついたように動けず、真珠もすぐ頭上にまで魔の姫が降りてきても、避けることすらできない。

——邪魔だ。それを外せ。

魔の姫の手が、首元に伸びていた。何を奪おうとしているのかを察し、真珠はひたすらに守り袋を握りしめる。

するとは額に汗を浮かせた桔梗が、声なき声で吠えながら、魔の姫に飛びかかった。

魔の姫は初めて表情をゆがめ、天井近くまで身を引く。

——鬼のくせに邪魔をするか。ならば、鬼と争え。

魔の姫の、その言葉の意味がわからなかった。しかしほどなく、みしり、みしりと重い足音が聞こえてくるのに気づく。

北廂のほうから。母屋の内へ。こちらに向かって。

「……」

みしり、と——

薄明かりに浮かぶその姿は。

背を丸めているのに天井に届きそうなほどの身の丈と、異様なにおいを放つ、何かわからない獣の毛皮と。

額のあたりに、一本の角と。

そして小脇に抱えているのが、ぐったりとした女人。

これは、まさか。

——あの鬼を退け、この娘の持つ邪魔なものを取り去れ。

一本角の鬼の頭上から、魔の姫が指図する。

鬼は背を丸めたまま、ぜいぜいと荒い息をしていた。

「……こちらの娘は、わしの獲物ではない」

――逆らうな。やれ。

冷たい声が頭に響く。鬼は女人を抱えていないほうの手で、腹を押さえていた。

桔梗が一歩前に出て身構えたが、どう見ても、一本角の鬼と比べたら華奢だった。

このままでは桔梗が怪我をするかもしれない。いや、怪我ですむのか。

一本角の鬼が、手を伸ばしてくる。桔梗にではなく、自分に。

桔梗はその太い腕を摑もうとしたが、難なく振り払われ、床に倒れこむ。

「桔梗……！」

そのときだった。何かが激しく壊れる音とともに風が吹きこみ、目の前の鬼が横に吹っ飛んだ。

無数の怪しの物たちが、きいきいと声を上げて逃げまどう。

「……遅い！」

桔梗が倒れたまま、怒ったように叫んだ。

一本角の鬼を吹っ飛ばしたものの影が、ふらつきながら身を起こす。

何人かの女房の口から、短い悲鳴が漏れた。

烏帽子はどこかに失せ、結っていたはずの髪はざんばらに解けて、狩衣の肩、袖、裾には獣に似た怪しの物が数匹、牙を剥き出して食いつき、ぶら下がっている。鞘(さや)に入ったままの太刀を杖代わりにして立ち上がると、瑠璃丸はあえぐように呼吸しながら、眦(まなじり)を決して魔の姫を見上げた。

——また鬼か。あの邪魔なものは、おまえが与えたか。

「邪魔はきさまだ。……この子は渡さない」

瑠璃丸の言葉に魔の姫は一瞬真顔になり、そして、にったりと笑った。

——渡す渡さぬは、おまえが決めることではない。

魔の姫が手を動かし、何かを掴み上げるような仕種をする。すると瑠璃丸に倒された一本角の鬼が、上から吊(つ)られているかのように起き上がった。

鬼の腕から、女人が落ちる。

「四条の君……！」

伊勢が声を上げ、皆がはっと息をのんだ。かろうじて点っていた手燭の火が、女人の顔を照らす。たしかに四条の姫君だった。眠っているのか、気絶しているのか。

「……う……」

一本角の鬼は腹を押さえてうめきながら、瑠璃丸の前に立った。瑠璃丸は肩に食いついていた怪しの物を叩き落とし、眉根を寄せて身構える。

「おい、あんたの獲物は、そっちの女だろうが」

「……そうだ」

「なら何故、魔に協力する？　この子は関係ない。むしろ三十年前にあんたが見殺しにした、一の宮の血縁だ」

一本角の鬼が、わずかに顔を上げた。その顔は、老人のように皺深い。

返事をしようとしたのか、鬼が口を開きかけたが、急にがくりと身を震わせたかと思うと、誰かに後ろから突き飛ばされたかのように、前方へ跳ねる。

「……っ！」

瑠璃丸は突進をかわそうとしたが避けきれず、体を巻きこまれ、さっき格子を破ったところから一本角の鬼もろとも外に転がり出た。

「瑠璃丸……！」

真珠は思わず女房の輪を掻き分け母屋を飛び出すと、壊れて落ちた格子を踏み越え、開いた穴から外を見る。

瑠璃丸は、一本角の鬼と戦っていた。

まとわりつく獣に似た物の怪を薙ぎ払い、摑みかかってこようとする鬼の鋭い爪をかわし、白銀の髪を振り乱して。

瑠璃丸の髪と手にした太刀の鞘飾り、鬼の角、爪が、月明かりに白く光る。

「いまのうちに寝殿に知らせを……!」

「そこ、打撒を――」

背後で女房たちが慌ただしく動いていたが、真珠は守り袋を握りしめて、瑠璃丸を見守っていた。

「――負けはしないけど、あの子が勝つ決め手もない」

真珠の横で同じように戦いを見つめながら、桔梗がつぶやく。

「どうして？　瑠璃丸は負けないのでしょう?」

「年老いてはいるけど、あの鬼、弱くはないわ。一番確実なのは刀で首を落とすことだけど、あの刀じゃ、たぶん無理。刃が折れるわ」

だから瑠璃丸は太刀を持っていても、鞘から抜かないのか。

「それより何より――あの子、戦ったことなんかないもの。人とも鬼とも。取っ組み合いの兄弟喧嘩がせいぜいだわ」

「じゃあ……」

どうすればいいのか。このまましのぎ続けられるのか。

真珠はふと、一本角の鬼の、奇妙な動きに気づく。戦いながら、時折だらりと腕を下げていた。ほんの一瞬だが、その一瞬だけは、攻撃する気がないように。

「……」

真珠は天井を仰ぎ見た。魔の姫はしっかり自分についてきていて、いまも頭上にいたが、顔は外の戦いのほうへ向き、ずっと手を動かしている。

真珠は周囲を見まわし、自分の後ろから外の様子をうかがう笹葉の肩を摑んだ。

「笹葉、お米ある？」

「あ、打撒のですか？　あります」

笹葉が懐から紙包みを取り出して開くと、真珠はその米を摑み、頭上の魔の姫めがけて思いきり投げつける。

――……！

撒いた米が、ばらばらと降ってくる。

ふいの散米に、魔の姫はいまいましげに真珠をにらんだ。

「……やった⁉」

桔梗の叫びに真珠が急いで外を見ると、瑠璃丸が鬼を投げ飛ばしたところだった。

簀子から南の庭へ下りる階の欄干に、鬼はしたたか背中を打ちつける。

やはりそうなのかもしれないと、真珠は思った。あの一本角の鬼は、魔の姫に操られている。魔の姫の注意が逸れれば、攻撃も止まるのだ。

だが真珠が魔の姫への打撒を指示するより早く、魔の姫が動く。

——殺せ。

途端に倒れていた鬼が飛び起き、瑠璃丸に摑みかかった。

爪が狩衣の左袖を切り裂き、瑠璃丸が顔をゆがめる。太刀が手から落ちた。

それでも瑠璃丸は鬼の手首を摑んだが、今度は大きな蝙蝠(こうもり)のような物の怪に視界を遮られ、その隙に鬼に背後へまわりこまれてしまう。

「駄目っ……」

鬼が太い腕を瑠璃丸の首に巻きつけ、締め上げた。真珠はとっさに駆け寄ろうとしたが、袴の裾が倒れた格子に引っかかり、転んでしまう。真珠を助け起こし、桔梗が庭に飛び出そうとした、そのとき。

「——直貫動くな!!」

聞き覚えのない怒号とともに、ぶん、と何かがうなりを上げ——

絶叫しながらのけぞった鬼の左目には、深々と矢が突き立っていた。

一本角の鬼は再び背中から倒れ、何人かの武装した男たちが庭先に集まってくる。

「──おぅ、やっぱりだ。肌は硬くて傷つけられなくても、目ならそうもいかないんじゃないかと思ったんだ」

弓を手にした濃い色の狩衣姿の男が、どこか愉快そうな口調で声を張り上げた。

「あ？　何だよ、おまえ、せっかく太刀貸してやったのに、まだ抜いてないのか」

「……っ、これから、だ……」

地面に片膝をついて咳(せ)きこんでいた瑠璃丸が、着ている衣の袖を、自ら引きちぎる。

左の二の腕にできた二本の引っかき傷からは、血が流れ出ていた。

「おまえ、怪我──」

「いいんだ。……これが必要なんだ」

瑠璃丸は太刀を摑み、鞘を抜く。

──そんなもの、役には立たぬぞ。

魔の姫は廂で転んだ真珠より前に出て、簀子の上から瑠璃丸を見下ろしていた。

「ああ……刀じゃ魔は斬れないって？」

そう言って薄く笑い──瑠璃丸は、抜き身の刀を傷口に押しつける。血が刃の上をつたい落ちていった。

「昔、じいさんが言ってたんだよな。……鬼は鋼の肌を持ってるから、なかなか傷をつけられない。ただ、もし傷ついて、血が流れたら――」

刹那、地を蹴って瑠璃丸が跳ぶ。

一閃。

甲高い悲鳴が頭の中に響き渡り、皆が思わず耳をふさいだ。

瑠璃丸は簀子に着地し、魔の姫を真っ二つに斬った太刀を、床板に突き立てる。

「……鬼の血は、強い魔除けになるんだってさ」

つぶやいて、瑠璃丸は虚空を見上げた。

真珠もおずおずと顔を上げる。

そこに魔の姫の姿はなく、数多いた怪しの物も、一匹残らず失せていた。

「……あの魔、消せた?」

「まぁ、たぶん。一応、首狙ったし」

桔梗の問いかけに、瑠璃丸は疲れた様子で答える。

「とにかく、これで――うわっ」

真珠は今度こそ立ち上がり、ぶつかるように瑠璃丸に抱きついた。

恐怖だったのか、安堵なのか。

自分でもわけがわからないまま、ただ涙があふれ、真珠はひたすらに瑠璃丸を抱きしめてしゃくり上げる。

「真珠、怖かったのか？　もう大丈夫だって。……あのさ、俺、泥だらけだし、血もつくから……」

いくら瑠璃丸になだめられても、真珠はしばらく離れようとはしなかった。


左目を射貫（いぬ）かれた一本角の鬼は、それでもすぐに死んではいなかったという。月明かりのみで鬼の目を射るという弓の腕前を見せたのは、検非違使庁の看督長、笠是道なる者で、直前まで瑠璃丸とともに橘中納言邸の警固にあたっていたが、瑠璃丸が桃殿だと言い残して出ていってしまったので、追ってきたのだそうだ。

西の対の女房たちに知らされ、寝殿の信俊と琴宮、桃殿の家人たちが集まってきたのは、一本角の鬼を倒し、魔の姫を祓ったあとのことで、他所の女人のところへ行っていた仲俊が帰ったのも、夜明け近くなってからだった。

怪しの物は西の対以外には出没していなかったようで、あれだけの騒ぎになっていながら、寝殿でも東の対でも誰も気づいていなかったのが、かえって不気味である。

そんな中、検非違使の次に西の対へ駆けつけたのが隣家の公貫で、公貫はまだ息のあった一本角の鬼と対面し、この三十年間のことを聞けたという。

幼い公貫と琴宮に言ったとおり、騙されて一の宮を見殺しにした落とし前をつけるため、後宮から二の宮の乳母をさらったのは、たしかに一本角の鬼だった。——さらったあとで、食ったのも。

だが、それが一本角の鬼にとって、間違いのもとだった。

二の宮の乳母は一の宮を呪詛し、結果、一の宮の命は絶たれたので、呪詛としては成功していた。しかし呪詛によって呼び寄せられた悪しき物の怪は、一の宮を取り殺した後、二の宮の乳母の身に返ってきていたのだ。

鬼にとって人を食うのはいわば食事で、一本角の鬼がさらった乳母を食ったのは、ある意味、自然なことだったのだろう。ところが乳母の身深くに、すでに悪しき物の怪が巣くっていた。騙された怒りに任せて乳母を食った鬼は、悪しき物の怪ごと食らってしまったのだ。

一本角の鬼は、腹の内に質の悪い物の怪を飼い続ける破目になった。懲りた鬼は人を食うのをやめようとしたが、腹の内の物の怪は数年に一度暴れ、他の魔や物の怪を呼び、どうしても人を食らうしかない状況に追いこまれ——とうとう獲物に選んだのが、二の宮の乳母の妹だった。

　出世有望だった姉の突然の失踪で、栄華のおこぼれを得られる当てが外れた妹は、我が身の不運と世の中を、強く恨んで暮らしていた。その恨みは、腹の内の物の怪を満足させるのにとても役立ち、一本角の鬼は、腹の内の物の怪が我慢の限界を迎える五年に一度、二の宮の乳母と血縁があり、かつ誰かに対して恨みや妬みの感情を持った女を、獲物とすることに決めたのだという。

　そんなことを続けていれば、さらに質の悪い物が寄ってくるものだ。腹に悪しき物の怪を飼い続けて、寿命を削られ弱っていた鬼は、古い魔まで呼び寄せてしまった。

　四条の姫君は、たしかに「桃殿の大君」を妬んでいた。それは母親の出自という、どうにもできないものへの嫉みだった。しかし、すでに入内という栄誉を掴んでいる女の嫉妬など、食らう理由とするにはいささか軽かった。一本角の鬼は四条の姫君を獲物にする気はなかったが、よりによって四条の姫君が桃殿に移ったことで、真珠に執着していた魔の姫に引きずられ、桃殿へ踏みこむことになってしまったのだ。

　一本角の鬼は公貫にすべてを語り、これでようやく死ねると笑ったという。

　自分の死後に腹の内の悪しき物の怪が体の外へ出ていかないよう、仲間の手を借りるからと、一本角の鬼は疲れはてた様子で、夜明け前に北の山へと去っていった。

ちなみに看督長は、かどわかしの下手人を解き放ったら上に報告できないとぼやいていたそうだが、公貫が事後処理を請け合ったので、機嫌よく帰ったという。

一本角の鬼の件は解決したが、桃殿にはもっと重大で面倒な問題が残されていた。軽い嫉妬でさらわれかけた、四条の姫君のことである。

西の対に物の怪が大量に現れたそのとき、一本角の鬼も同時に、四条の面々が滞在する北廂に侵入していた。

当然ながら本物の鬼など初めて見る四条の女房たちは、半数があっというまに気を失い、半数が腰を抜かして呆然としていたらしかった。

入内する姫君は恐怖の中かろうじて意識を保っていたが、一本角の鬼に、さる女の縁者を五年に一度食らうと聞かされ、我が身に手を掛けられたところで、ついに失神した。気がついたのは何もかもが終わり、朝になってからだった。

父の信俊は、あちこち破壊された西の対の惨状を目の当たりにし、真っ先に大事な后がねである四条の姫君の身を案じていて、姫君の無事を確認できたときには泣いて喜んだため、少しは真珠の心配もしたらどうかと、琴宮をしらけさせていた。

もっとも真珠は、いまさら父に心配してほしいなど露ほども思っておらず、むしろ負傷した瑠璃丸、怪しの物を追い払い続けて疲労困憊の桔梗、怖がっていた女童たちなどを心配する側で、片付けの邪魔だと早々に父親を西の対から追い出した。

そんなわけで、「物の怪憑きの大君」の対の屋に間借りしたばかりに、世にも恐ろしい体験をする破目になった四条の面々は、こんなところにはいられない、無事に入内できるのか、何故誰も姫君を助けようとしなかったのか、禊をしたほうがいいのではないか——等々、何を揉めているのかわからないほど揉めに揉めて、結局、ひとまず四条に帰ることになった。

入内は絶対にしたいが、とにかく一度落ち着いてからあらためて、ということらしい。入内をやめたいと言われなかっただけ、父と祖父には朗報だっただろう。

四条の面々が揉めていたあいだ、西の対の女房たちは片付けに追われていた。

「……あー、この几帳も破れてる……」

「打撒ってよく効くけど、お米がもったいないし、掃除が大変なのよね」

「もったいなくてもこのお米、食べる気にはなれないのよね。よく見ると血がついてたりするし……」

「ねぇ、この油がこぼれたところ、どうすればいいのー?」

女房たちが忙しいので、真珠もぼんやり座ってはいられず、針を持って繕い物をしていると、そこへ周防一人を伴って、母の琴宮が現れた。

「お母様、どうしたの……」

「昨夜のことで、西の対がどれほど壊れたのかと思って、見にきたの」

冗談めかして言い、琴宮は女房が用意した茵に座る。何やら機嫌がいい様子だが。

「真珠。裳着、できるわよ」

「――えっ？」

琴宮の言葉に、西の対の女房たちも急いで集まってくる。

「していいの？　裳着の式……」

「遅すぎるくらいだから、内輪だけで。殿の気が変わらないうちに、早くね」

それから――と言い、琴宮は穏やかに微笑んだ。

「結婚も、やっと折れてくれたわ」

「……お父様が？」

「真珠だけでなく、四条の姫君も助けてもらったのだもの。もう認めないと」

「……」

真珠は大きく目を見開き、瞬かせる。すると琴宮の後ろで、周防が小声で言った。

「あれは、認めておいでてしたのでしょうか……」

「あら、まだ駄目だとは言わなかったのだから、認めたのよ」

振り向かず、琴宮が涼しい顔で返す。……どうやら強引に、認めたということにしてしまったようだ。

「兄上にも知らせておいたから、そのつもりでね」

「では、早く片付け終えておかなくてはいけませんね。――みんな、急いで……」

伊勢が手を叩き、集まっていた西の対の女房たちが、慌てて掃除に戻る。

真珠は母のほうに、少し身を乗り出した。

「……お母様、ひとつお願いがあるのだけれど――」

几帳の内、燈台の明かりひとつが点る中に真珠は座っていた。

南廂のほうからは、女房たちの話し声が聞こえてくる。ちゃんと門から来てくれて安心しました、直衣を着ているところを初めて見ました、沓をお預かりします――

やがて衣擦れ、足音とともに、不機嫌そうなつぶやきも聞こえてきた。

「……失礼な。俺だって直衣ぐらい持ってるっての……」

真珠が思わず吹き出すと、眉根を寄せ、口をへの字に曲げた瑠璃丸が、几帳の上から覗きこんでくる。

「こら。誰だ、笑ってるのは」

「……ごめんなさい」

笑いを収め、真珠は几帳の内に入るように瑠璃丸を促した。瑠璃丸は口だけへの字のまま、少し迷うように視線を揺らし、窮屈そうに几帳の隙間を通った。

真珠の横に腰を下ろし、瑠璃丸は落ち着かない様子で何度か座り直す。

「瑠璃丸、怪我は？」

「あ？　……ああ、腕の。いや、浅かったし、ほとんど治ってる」

瑠璃丸は直衣の袖をめくり、左腕を真珠に見せた。線を引いたような傷跡が二本、まだ残っていたものの、ほとんどふさがっている。

「痛まない？」

「痛むほどじゃないな。治りは早いんだよ。鬼だから」

そう言って袖を戻すと、瑠璃丸は軽く咳ばらいをした。

「あのさ。……何か、結婚、許してもらえたって聞いたんだけど」

「だから直衣で来てくれたのでしょう？」

「いや、そうなんだけど、父上がこれ着ていけって……あと、屋根に跳ばないで歩いていけって」

「来てくれるなら、どこからでもいいわ。でも今夜は、裸足だと困るの。結婚のときは、お婿さんの足が遠のかないようにって、親が沓を預からないといけないから」

「……ああ、そういう儀式なんだっけ」

「そうよ。あとでお母様が来て衾覆（ふすまおおい）もするから、もうちょっと待っていてね」

「ここへ上がるまでにもいろいろやったけど、まだあるのか……」

瑠璃丸はまだ居心地悪そうに、首の後ろを掻いている。

真珠は微笑を浮かべ、昨日からずっと首にかけている守り袋を外した。

「これ。……さっき、中、見てしまったの」

「……」

「でも、もらったとき、何となくわかったわ。……瑠璃丸の、切った角だって」

真珠は守り袋を愛（いと）おしそうに撫で、瑠璃丸を見上げる。

「ねぇ。……角の痕、見てもいい？」

「……見て気分のいいもんじゃないぞ」

「でも、切らせてしまったのは、わたくしだから」

「それは違う。俺の意志で切ったんだ」

瑠璃丸は叱るような口調で言ったが、真珠は膝立ちになって、額に手を伸ばした。

白銀の前髪を掻き分けると、左右の生え際に、乾いて黒ずんだ丸い痕が現れる。

「……傷の治りは早いのに、これは治らないの？」

「これでも十年で、だいぶましになった。……まぁ、それだけは一生残るだろうな」

「残るのね……」

つぶやいて、真珠は角の痕に唇を押しあてた。

鬼の世を捨てた、瑠璃丸の覚悟の証し。……捨てさせてしまった自分には、この先いったい、何ができるだろう。

「真珠――」

少しかすれた声でささやいて、瑠璃丸が自分の膝に真珠を座らせる。瑠璃丸の腕の中に収まり、真珠は頬をすり寄せた。

「……ひとつ、腑に落ちないことがあるんだけどさ」

真珠の耳元に口づけながら、瑠璃丸が思い出したように言う。

「いくらあの鬼のかどわかしを止めたからって、あの大納言が、よく結婚を許してくれたな。正直、魔の姫を祓ったら、おまえはもう用済みだって、むしろ絶対結婚させてもらえなくなるもんだと思ってたんだけど……」

「……わたくし、お父様に魔の姫のことは話していないわ」

「は？」

ぱっと顔を離し、瑠璃丸は真珠をまじまじと見つめた。

「言ってないのか？　魔の姫を祓ったって？」

「ええ。一本角の鬼のことは伝えたけれど、魔の姫が現れたことも、瑠璃丸が斬ったことも、話していないわ。女房たちにも、お父様には伏せるように言ってあるし」

「……何で」

「いま瑠璃丸も言ったじゃない。魔の姫を祓ったら、むしろ絶対結婚させてもらえなくなるって。わたくしも、あのお父様ならそうしかねないと思っていたから」

すべての元凶である魔の姫を退治できたら、もう桃殿に物の怪は現れない。そうなったら、物の怪を追い払うために鬼を婿にする必要もなくなる――ずっと瑠璃丸との結婚を認めてこなかった父と祖父なら、そう解釈して結婚話を反故(ほご)にする可能性は、充分にあった。それは真珠が、昔から危惧していたことだ。

「前から決めていたの。もし魔の姫を祓えても、お父様とおじい様には内緒、って」

「……それ、騙してるんじゃゃ」

「違うわ。ただ話していないだけ」

瑠璃丸の首に両腕をからめ、真珠は紺瑠璃の瞳を覗きこむ。

「瑠璃丸はほんのちょっとだけ、ずるいことを覚えてもいいと思うわ？」

途惑いに目を泳がせ――瑠璃丸は、深く息をついた。

「……難しいな、人って」

「無理そうなら、瑠璃丸はそのままでいいわ。悪だくみは、わたくしがするから」

「別にしなくていいだろ、そんなこと……」

苦笑して、瑠璃丸は真珠の唇に、ついばむように口づける。

真珠は目を閉じかけて――あ、と声を上げた。

「いけない。お母様を待つのだったわ」

「……儀式ばっかりだな、人ってのは……」

言いながら、それでも瑠璃丸は真珠を膝から下ろそうとはせず、真珠も瑠璃丸の肩に額を預け、さらに頬を寄せようとする。

どこからか女房の咳ばらいが聞こえ――真珠と瑠璃丸は互いに首をすくめて、笑い合った。

―――本書のプロフィール―――

本書は書き下ろしです。

小学館文庫

# 桃殿の姫、鬼を婿にすること
## 宵の巻

著者　深山くのえ

二〇二一年四月十一日　初版第一刷発行

発行人　飯田昌宏
発行所　株式会社 小学館
〒一〇一-八〇〇一
東京都千代田区一ツ橋二-三-一
電話　編集〇三-三二三〇-五六一六
　　　販売〇三-五二八一-三五五五
印刷所――――図書印刷株式会社



この文庫の詳しい内容はインターネットで24時間ご覧になれます。
小学館公式ホームページ　http://www.shogakukan.co.jp


ISBN978-4-09-406899-3